ΕΛΛΑΔΑ

ΕΛΛΑΔΑ

李忠憲——著

隱性反骨

持續思辨、否定自我的教授，帶你逆想人生

獻給一樣留德、在大學任教、跑馬拉松的靈魂伴侶妻子竹芬，
以及辛勤工作的父母，讓我得以擁有不同於他人的人生視角。

推薦序——

《隱性反骨》是李忠憲版的《沉思錄》

楊斯棓

我的作品《人生路引》出版後兩個月內十刷，衷心推薦讀友繼續閱讀《隱性反骨》，這兩本書一起看，面對人生關卡，你會更睿智、豁達。

上電台受訪時，我不只一次提起當時還未上市的《隱性反骨》，我這麼介紹：

時代劇變，很多過去眾人看好的工作將漸漸消失，而什麼樣本質的工作比較不會消失？這本書告訴你。

適度的獨處有益身心健康，慢跑帶給人的益處有時比游泳還大，為什麼？這本書告訴你。

作者以他的思考、沉澱與親身經驗跟讀者分享，生而爲人應該「不用羨慕、嫉妒或瞧不起別人，自己才是最需要常常檢討、反省的對象。」

《隱性反骨》是李忠憲版的《沉思錄》

《沉思錄》有段內容如下：「總是怨東怨西的人，就像死前掙扎哀嚎的牲禮豬一樣。躺在床上暗自嗟嘆命運枷鎖的人，也像是隻牲禮豬。要知道，只有理性動物才能主動接受一切，盲從則是生物的本能。」

李教授的《隱性反骨》，風格如《沉思錄》。《沉思錄》的作者是羅馬五賢帝之一的馬可斯．奧理略；他西元一二一年生於羅馬，在位期間，羅馬內憂外患，他仍努力維持羅馬的繁榮昌盛，於西元一八〇年逝世，後人編纂他在位期間撰寫的日記，名之《沉思錄》。

《隱性反骨》在一段行文中，自然會讓你讀到一句或多句警世之語，也因此，你會更了解那句警語的脈絡，更心悅誠服地接受一句句的心靈次氯酸。

幾年前我和李教授成了臉友，我們鮮少私訊，但都會特別認眞看待對方某些主題的貼文。

對於洞悉人性、思考職涯、探究獨處、審視生命的內容，有時我會驚訝，我和教授的核心觀點，爲何如此雷同？

後來我發現，我們有一些很類似的童年經驗，這可能是原因之一。

同一個屋簷下的不公平制度

譬如教授小時候在十四人的大家庭長大，我小時候也曾有好一段時間，必須固定跟十幾位親戚一起吃飯。

嚴格來說，我後來回想那樣的用餐品質，並沒有太多美好的回憶。我沒有自己的固定位置，當然也沒有專屬的餐具或杯子。想吃的菜，我不能多夾。不想吃的菜，也不能完全不夾。

那個用餐環境的外面，是一個做生意的空間。我從三歲起被告知，從外面走到裡面吃飯，一定要脫鞋子，維持裡面空間地上的整潔。裡面的室內拖鞋數量不多，但因爲當時所有人都會脫掉鞋子，就算沒室內拖，至少還穿著襪子，不用直接踩在地板上。

但五年後，表弟出生，再隔幾年，等到他開始穿鞋的年紀時，有一天我發現一件事：我表弟竟然穿著踩在外面的那雙髒鞋，直接踩進室內。

我試著跟周遭大人求救，因爲我穿襪子，不想要我的襪子間接接觸到他在外面踩到的任何髒東西。結果，我得到的答案統整起來是：「他很小，所以沒關係。」（其實眾人沒說出口的或許是：「他是內孫，所以沒關係。」）

當我讀到李教授書中「爲何同在一個屋簷下，卻存在這麼不公平的事情」時，因此格外有感。

如果一個大家庭所謂的規矩是可以因人而異而調整，那其實就是一個沒規矩的大家庭，我並不想要成爲其中一分子，那裡對我沒有歸屬感。那時我就逐漸摸索出，獨處帶給我的快樂，遠勝於和這些人瞎攪和。

後來我花了三十年才學會，原來吃飯這件事，不只是爲了擺脫餓的狀態（若然，無異牲畜），而是應該能享受食物、自在聊天，舒服地度過那段用餐時光。

每一個人在死前都還有機會反省、成長

李教授筆下分享的另一段小故事，說他在考完大學聯考後，和他二叔一起看各類組第一志願錄取分數的新聞，少年李忠憲興奮地說自己考上第一志願，我想任何人都會希望身邊的二叔發自內心祝福自己，結果他二叔「反應極其冷淡」，質疑少年李忠憲是否算錯分數。

這段我也格外有感。我後來發現，我親戚中大多數人的內心也都極其猥瑣。他們那種人是即使你考上國立台灣大學非醫學系的其他科系，他們也會急著在街頭巷尾跟家族群組裡，放送今年你「沒有考上醫學系」。即使你考上陽明醫學系，他們也會說你「沒考上」，因爲若以台大醫學系爲標準，你依然「沒考上」。即使你考上台大醫學系，他們也會說現在當醫生又賺不多，考上有什麼用？大概就是這種邏輯。

但他們跟他們的下一代，都是一方佼佼者嗎？非也。

如果不是兩千年前後廣設大學，各式學校升格，他們大概通通都沒有學校念。

社會上有些人沒有school smarts，但有street smarts，他們則兩者俱無。李教授筆下提醒我，對這類人，要帶著一份寬容跟祝福思考：「我甚至相信，每個人一直到死之前，都還有反省和成長的可能性。」

夏紹剛醫師的提問，《隱性反骨》裡有答案

現代人的焦慮更甚以往，臉書上很容易看到過往同儕的巨大成功跟跑路新聞而因此心生豔羨或悲憫訕笑。

李教授長於資訊領域，走筆又多能以哲學角度審視人生，這本書也解答了現代人心靈深處「爲什麼他紅，我不紅？」的焦慮。

我曾在北投知名旅館加賀屋舉辦了讀友會（據說是史上第一場）。QA時段，聽眾夏紹剛醫師問了我一個問題，意思約莫是，現代人耕耘自己的專業，以及在網路上跟人互動，花在這兩件事的時間該怎麼拿捏？

李教授書裡面提到他旅行時，偶遇一位十九歲德國女生給他的一堂課，那個女生分享：「父母教他們，一輩子只要結交幾個好朋友，這些數量就是一輩子的朋友

了。不要花太多時間在表面的關係上，做事情也是同樣的道理。」

我當時則是說，我鮮少在臉書上跟人說生日快樂，當我看到A在臉書上寫「生日快樂」給B，而C又寫給B「生日大快樂」時，我完全無法感受那個「大」字的「大」，反而是覺察到它的虛無。

我建議夏醫師說，如果你一整年在臉書上寫生日快樂給一百個人，不如挑出其中十個你最在乎的朋友，手寫卡片寄給他們。如果有人放臉書上，那自然有更多的討論度；若無，也不要強求朋友。這時代，恬靜自得比鑼鼓喧天更珍貴，不是嗎？

按照國人平均餘命，我只剩下三十幾年可活，那就表示，就算每兩週我都跟一個朋友吃飯，也頂多能跟不到一千個朋友高品質地聊天用餐。有的交情比較好的朋友，可能每年要聚餐一次；交情還不錯的，三、五年也要聚一下；這樣再算下去，人一生需要的朋友數量，可能跟鄧巴說的一百五十人很接近。

你只要把朋友抽換成書，那上一段就該改寫成：

按照國人平均餘命，我只剩下三十幾年可活，那就表示，就算每兩週我都細讀一本書，頂多也只能再讀一千本。有的書總能給人強烈反思，需要每年重讀；有些書隔三、五年也得重新翻閱。依照這樣算下去，人一生需要細讀的書籍數量，可能很接近鄧巴說的一百五十。

《隱性反骨》一定是一百五十本的其中一本。

（本文作者爲《人生路引》作者、方寸管顧首席顧問、醫師）

推薦序——

致白目、自由的靈魂

徐元春

忠憲是個好笑的朋友，每次想起他，總是想起許多好笑，甚至白目的事。雖然我們之間的連結，是從焦慮開始，一種集體焦慮。

因爲對未來的焦慮，我跟忠憲，從社會運動的戰友開始，後來變成朋友。不是所有戰友都能夠變成朋友，忠憲這群戰友是其中少數的例子。

從太陽花時期的「反對二類電信開放中資入股」，到反對台灣電信業者使用華爲設備，後來又大戰紫光，發起「反對台灣ＩＣ設計產業開放中資入股」，因爲共同經歷過辛苦作戰、風風雨雨的過程。這樣的朋友，總覺得不必經常見面，但似乎很容易猜想、理解對方。對忠憲，我唯一一度不能理解的是，他持續投入跑步的認真和瘋狂；尤其是，他其實一直跑得很辛苦、很慢。但，回溯他的人格本質，其實又完全不意外。

忠憲從小就是學業上的人生勝利組，考大學第一志願上台大電機，其實他如果想當醫生，就是台大醫科了。我身邊不乏這樣的學霸，但從來沒有一個人像忠憲一樣，一直說自己其實很笨；每次上課前都先自己預習、看完課本，認爲從小的好成績都是靠勤能補拙而來。這點，對於從小都是考前臨時抱佛腳、一次考爆下次才會被逼著念書的我來說，忠憲簡直就是難以想像的標準模範生。

他眞心信奉，而且認眞執行他的勤能補拙理論，在他二〇一七年開始跑步之後，讓我領教到了。聽他說自己開始跑步，也在臉書上開始發文記錄，提及跑步初始的各種痛苦。有一天我問他：「你跑前有熱身、跑後有收操嗎？」他一臉茫然，答案當然是沒有。我連忙找來當時一起做體育改革的年輕人，專業學物理治療、運動科學的體能教練季鴻，直接進健身房幫他檢測，給他跑前跑後的菜單。忠憲說，自己心律很高、跑起來都一八〇。聽到嚇一跳。「啊！你心律一八〇，不會不舒服嗎？」忠憲又是一臉無感：「不會啊！」

後來，忠憲跑速日益進步，心律也下降了，只是對他來說，一場經常需要耗時六小時的馬拉松，痛苦指數還是很高。前些時候看他發文，某次馬拉松，跑不到一半就有工作人員問他，是不是抽筋了，顯然跑樣痛苦、貌似抽筋；後來跑到後段，他眞的停下來擦藥、按摩，因爲眞的抽筋了，有人就問他要不要用走的，他最後還是堅持用很慢的速度跑完，重點是跑完、不是用走的。

這點，對忠憲很重要：「我跑得很慢，但我絕對不是用走的。」他去跑柏林馬拉松，跟一群台灣人聚餐，各自報成績後，一位ＰＢ三字頭內的跑者忍不住問：「跑六小時是用走的嗎？」忠憲回來後，有點委屈地說，覺得自己有被侮辱的感覺。我直覺反應：「你就眞的跑很慢啊！他這樣問也沒惡意啦！」忠憲回我：「被說很慢我不介意，『但是我明明就是用跑的啊！』」原來他糾結、執著的是這個，這是讓他一直堅持下去的跑馬哲學。

所以，被笑跑得很慢沒關係，因爲他一直覺得自己不夠聰明、必須更勤勉努力。所以，比家中太座女王跑馬拉松慢一個半鐘頭也不怕被人笑，因爲他認知自己就是這樣的慢慢跑者。說實話，沒有幾個男人可以如此輕鬆自在地面對自己，他擁有眞正自由的靈魂，這點，我是很崇拜忠憲的。

他的糾結、執著，有時近乎白目。

長期追蹤他臉書的朋友應該都知道，過去幾年，忠憲很愛戳一位人稱戰神的某某老師，尤其是在一次爲了台灣高科技業，他跟朋友一起去會戰神卻被高冷對待之後。而我，就是當時安排他一起去拜會戰神，以致後來三不五時被他拿來調侃說，「你不是跟他很熟嗎？」的那個朋友。他糾結這件事、三番五次發文的情緒，就像他跑步一樣近乎白目，有時讓人哭笑不得：「怎麼又來了？」看完還是無奈、默默地按個讚，不然要拿這個朋友怎麼辦呢?!

忠憲總是說，他寫臉書的初衷，是爲了讓他兩個女兒長大後、更瞭解她們的父親，但我總覺得，其實忠憲是寫給他自己的，因爲是寫給自己，所以不需隱瞞、僞裝。騙別人容易，騙自己很難，所以，他的發文跟大部分人的很不同，看忠憲臉書可以感受到他的誠實、直白、自由，甚至是白目的情感。從他的專業領域、參與社會運動，到跑馬、哲學思辨，文字都充滿誠實面對自身軟弱的動人力量，因爲那是自我對話、自我治療的過程。

大家可能會很意外，其實忠憲過去的文字非常生硬、乾澀，這點我可以作證，因爲我曾經是受害者。源於過去長久的媒體文字經驗，忠憲還有一些戰友在社會運動中的戰文，許多會交到我的手上，修改這些文章看似簡單、其實很困難，關鍵就是如何用白話文「翻譯」這些專業領域硬邦邦的文字，讓跟我一樣的路人吞得下去。

不過幾年的光景，忠憲再度發揮他苦練的成果。當年文章難以下嚥的作者，如今居然要出書了，而更眞實的印證是，我成了他的粉絲。我們從分享同樣的焦慮開始，一路掙扎、努力嘗試是否眼前還有路，他記錄自己面對人生的思考過程、療癒了他自己，我也從他不斷的痛苦跑步和哲學思辨中，找到面對焦慮的力量。

忠憲從來沒有想過出書，就像一起戰鬥的夥伴們，從沒想過要站在舞台前接受掌聲，一場戰役走過、就退下，回到各自的人生，繼續面對各種焦慮與挫折、繼續尋找治癒自己的答案。

寫給那些知道我們彼此在爲何而戰的你們：

I, I wish you could swim
Like the dolphins, like dolphins can swim
Though nothing, nothing will keep us together

We can beat them, for ever and ever
Oh we can be Heroes, just for one day
What d'you say?

致白目、自由的靈魂

——〈Heroes〉by David Bowie

（本文作者為《工商時報》記者／金融組召集人／財經組主任、《今周刊》創刊副總編輯、大是文化出版公司共同創辦人）

推薦序——

決心是最大的天賦：令人熱淚盈眶、充滿哲理及正能量的一本書

李竹芬

電資背景的先生，最近將出版有關人生勵志的新書。很多親友同事聽到後，簡直跌破了眼鏡；但對於他不安靈魂再度出竅之事，我根本就習以爲常。這就是他，我熟識的先生，一個充滿生命力、想像力和行動力的獨特好小子。

中學時代，他開始立志向學，每天都分秒必爭地遵循自己擬定的讀書計畫，數十年如一日。他對自己的鞭策程度，實在超乎常人所能想像。雖然我曾在臉書寫下〈學霸的代價〉一文，批判他對《讀書三十六計》中的懿旨，深信不疑且奉行不悖。然而，私下我卻經常被他堅毅刻苦的精神，深深感動。他能成爲該書作者田中的在台唯一傳人，絕對不會令人驚訝。

除了博覽群書、觀賞電影戲劇、跑步磨練意志外，他每天都極其嚴肅地思考一

些人生的問題。從三一八學運開始爬文以來，他每天都用臉書來寫自己的生活日記，這種常令我忍俊不禁的瘋狂，以及類似自我療癒的行爲，至今也已經持續六、七年了。

他積極寫作的動機，始源於二〇一四年的那場太陽花學運。當時，他受託於一位高等法院的法官朋友，嘗試以資安人的專業觀點，撰寫一篇反服貿的臉書貼文。然而，那一晚，卻讓沒有睡眠困擾的他，徹底失眠了。

失眠，並非才思枯竭的緣故，而是向來只撰寫英文學術論文的他，寫出來的中文文句，聱牙詰屈、辭不達意，只好一再反覆重寫和改寫。不料，隔天在臉書發表時，這篇貼文卻被網友一再瘋傳。一瞬間，竟然就衝破了三千次的分享。

這就是他，挑戰對自己困難的事情，向來毫不退縮，全力去跨越自己能力的極限。他的寫作，是這樣起步開始的；他的讀書和跑馬拉松，也全無二致。起初，他在這些方面，都顯得沒有天分的樣子，但藉著燃燒的熱情和毅力，日積月累、持續不斷地向前邁進，終有開花結果的一天。

《寂寞終站》的作者班尼迪克．威爾斯說：「決心才是眞正的天分。」用這句話來描述先生的恆毅力，眞是再貼切不過了。創造力可以透過不懈的鍛鍊而形成；想像力也能憑藉不斷的探索而擁有。唯獨決心不行。

最近，一再細讀他新書的每篇文章。書中，他毫不掩飾、坦誠地分享自己成長和思考的軌跡。儼然具有艾琳娜．斐蘭德《那不勒斯故事四部曲》的書魂，但增添更多哲學思辨的內涵。與該書女主角一樣，從小貧困出身的先生，人生蘊含無比傳奇的色彩。他充滿斑斑血淚的生命故事，不僅勵志，也發人省思。每讀一遍，我內心就深深被打動，隨著書頁文句的激盪，涕淚交零一遍。

他曾經是那麼一個不滿現狀、徬徨困惑的青少年，或許跟你、我一樣，都經驗過類似的生命歷程。然而，他隱藏了所有的憤怒與反叛，全部都轉化成滋養自己和別人生命的能源，不斷殺出重圍、突破關卡，努力超越自我，踏出一條屬於自己的生路。

從他的身上，我看到了正能量的釋放與傳遞，也明瞭人生其實充滿著無限的可能性，人千萬別自我設限。即使人生已經走到山窮水盡的地步，也總能找到峰迴路轉、絕處逢生的機會，所以人千萬別放棄希望。

憤世嫉俗、逃避現實、自我毀滅，絕不是解決問題的藥方。惟有像他那樣頑固，不斷孤獨思考、否定自我和勇敢無懼，在人生馬拉松的賽事中，持續一往無前、奮戰不懈，才能從灰燼中浴火重生。這是我在感動之餘，所得到的最大啓示。

（本文作者爲國立虎尾科技大學財務金融系副教授、前系主任）

推薦序——

這個「兒子」，頑皮！

鄒景雯

這個兒子，頑皮？

是的，很頑皮，他是李忠憲。

爲什麼稱呼其「兒子」？兩個原因，第一個原因是他管我叫「阿母」，雖然是跟著一群人起鬨瞎扯的，也不確知是什麼原因，但是既然喊了「阿母」「母阿」，他不是自認「兒子」，是什麼？

第二個原因是，「頑皮」這個小名，或是別號，是我幫他取的；他不僅不以爲意，而且每叫必應。更重要的是，它，至今仍在共同的朋友圈內流通，足證有一夥人業已認證：其與主人翁，也就是本書作者之間，毫無違和感。

甚且，幾年下來，「頑皮」這名號像是個神奇的咒語，出口一次，就會發功一次，彷彿經由跨越空間與時間的內力，在維繫著我與忠憲清淡如水的「母子」關係，以及轟轟烈烈的君子往來。是的，轟轟烈烈，這個用詞沒錯。

一個是報社的記者兼總編輯，一個是國立大學的電機教授，怎麼會分別演變成「阿母」「頑皮」的身分認同？背後又有著什麼樣的故事情節？

事實上，這樣的自我標籤，若放在二〇一四那年，以及之後的台灣歷史脈絡之下去理解，應該很容易就能找到解答。

是的，你猜對了，二〇一四年在台灣，爆發了「太陽花運動」。

這次的運動，表面上的原因，是國會以「半分鐘」通過兩岸服務貿易協議，一群年輕人於是在那年的三月十八日到四月十日，以「黑箱服貿」爲名，攻占了立法院，癱瘓了中央議事運作的政治行動。

然本質上，更是因爲當時的政府以這紙服貿協議，允諾對中國開放六十四項服務業，直接衝擊台灣上千個行業的生態變化，因而成爲當時震撼著整個社會百工百業的全面大動員。

面對著台灣幾乎全被捲入的這場政經大風暴，做爲新聞媒體，那時至少有五個面向，必須同步關注，才足以勾勒出這次運動大致的全貌：一個是議場內的行動者，一個是議場外的各類公民與運動團體，還有行政部門決策者的應對，以及立法部門所持的立場，甚至國際輿論的反應，每個都是得深入接觸與涵蓋報導的重點。

其中，忠憲，應該歸屬於公民運動這一面向所結識的採訪對象。

有關對於太陽花運動的投入，「頑皮」在書中的第一章，有著多處的揭露與描述，於是「阿母」可以不必避諱地，來簡單勾勒一下他與他們所做的事。

「知道」忠憲教授，是二〇一四年三、四月間的獨特記憶。他與一群學者，例如林盈達、林宗男，一同領銜發起反對「兩岸服貿開放二類電信及資通建設」開始的。這個議題，不比美容院、小吃店，大眾切身好懂，這幾個「陽春教授」（書內用語）在短短時間內，以數百位電機資訊教授連署的方式，對主管部門的政策論據，從專業上進行直接地摧毀。我認爲，這是知識分子站在權力者、甚至大國的對面，無所畏懼，力挽狂瀾的典範。

新聞媒體能夠提供的資源無它，就是盡可能擴大他們的聲量，促進其與各界對話的機會，於是忠憲等人成爲報社同仁採訪的常客，忠憲也確實不辱使命，經常半個版的篇幅要求，總能旁徵博引，讓線上記者可以順利覆命，我對他印象深刻。

「認識」忠憲，則要等到了二〇一五年之際。那幾年，眞的讓大家很忙，「開放中資入股ＩＣ設計」的政策風向，再度突襲了這群入世的學術人；除了前面提到的幾位，這回再加上ＩＣ設計領域的張順志教授，湊成我們戲稱的「四大寇」。寇者，放砲者也。他們也的確一同站出檯面，公開對著政府與若干業者據理力爭，百般規勸。

因爲這個議題的牽絆，也可能是緣分到了，這時，他們一下子全都出現在我的面前。不只是接受諮詢的學者，也從此，成爲有事可以商量的朋友。這是一種珍貴無比的信任。

毫無疑問，忠憲，是四位中最頑皮的。記得第一次見面那天，他靦腆地笑，介紹自己的名字是「忠於憲法」，這招很有用，立刻令我別無他想。偏偏，這本書裡，用了不少文字在批判現行《憲法》，根本顯性地很，而它的書名卻又是「隱性反骨」，或許在顯性與隱性的一再辯證中，正是其反骨之所在。

「頑皮」不僅頑皮，始終覺得在他憨憨的笑意下，藏著一個躁動的「小小孩」，像極了一顆無法停止、無時無刻都在運轉的齒輪。

躁動，激發出能量，是許多創作者的共通性，例如講到了繪畫，一定會想到形象鮮明的梵谷，以及他的「星夜」；一球一球渾亮的星團，掛在黑藍的天際，有著不安，有著憂愁。

看到「頑皮」，高密度、大產量地在臉書上書寫，內容豐富到現在可以出書，只是表徵之一，這遠遠不夠。我以爲，這些年他從校園操場起步，轉而勤奮到世界各國去跑馬拉松，是他安定「小小孩」的另一種重要展示。

通常，人在一定年齡之後，言行舉止基本上定型。要排除慣性，發生重大變化者，實在不多。這也意味著多數人學習的速率會逐漸趨緩。

但是我發現，跑馬之後，「頑皮」依舊頑皮，而忠憲，則有了非常巨大的改變。旁的不說，光是身形，就有了歷經長跑後顯著的成效。過去，算是文弱書生；現在，則是肌肉硬漢。尤其，在辛苦的鍛鍊之後，不難讓人察覺，自信的影子，在忠憲的背後，愈來愈大；大到，他的笑聲，聽起來眞的比過去開懷許多。

做爲「頑皮」的「阿母」，得以提前閱讀本書最後以專章的格局，收錄忠憲跑馬的心得，必須說，沒有比這更適切的編排。相信，當讀者看到了忠憲一直在以今日之我，超越昨日之我，應該也會試想：我又要如何地尋求改變？

一旦這個念頭啓動，書寫者、出書者、讀書者，就能一起値回票價。

寫作，是件愉悅的事情；出書，猶如十月懷胎，則是生命的創造。非常期待「頑皮」能夠以此作爲起點，持續地自我解放，進而藉由文字的力量，解放世間更多同樣躁動的「小孩」與「小小孩」。

（本文作者爲《自由時報》總編輯）

推薦序——

我的白目、右腦、鐵腿戰友——忠憲

林盈達

這本書應該歸屬於「超級勵志類」的文學作品，適合：不喜歡公開表達自我意見的沉默羔羊、只用左腦而右腦尚未開發的理工男、遵循傳統價值不敢偏離人生軌道的乖咖、不太運動更不敢奢望馬拉松的中年大叔與大嬸。在還沒自我否定與啓發之前，忠憲也不是勇於表達、善於溝通、創造自我、規律長跑的新典範，所以我才說是超級勵志。

跟忠憲的交集是在三場社會運動，在二〇一四年的反服貿二類電信、二〇一五年反中資投資ＩＣ設計，以及二〇一六年阻擋技服中心隨便掛在科技部下，並催生資安專責單位行政院資安處。有別於以往社會運動連署都是由人社學院的教授主導，三、四個電資教授連署了同樣是電資科系的七百多位教授，讓科技政策的論述「庶民化」，特別是硬生生地阻擋了中資投資ＩＣ設計，即使是當年想來辯論的聯發科，他們現在都覺得自己被擋下來是對的，不然現在都被染成紅色、抹都抹不掉。

因爲社會運動過程使用臉書串連，忠憲開始有寫臉書的習慣，但運動完他「沉迷」於臉書，把它轉化爲對政治與社會觀察的「觀點日記」，剛開始每天兩則在早晚通勤電聯車的兩車夾縫間「念」短文，後來功力提升到隨時可以念短文，看到什麼議題有想法就念下來。文章也就愈寫愈順，愈有人文素養與哲理。

我的觀察是他已經在用右腦寫文章，不像我還是用左腦的邏輯，右腦只協助造句，沒有發揮右腦的感覺統合。所以白目與右腦都是可以練出來的，白目是在社會運動時被我這樣的戰友所帶壞的，右腦是他自己練功練出來的，你說這樣是不是很勵志？

透過臉書的「公開」自我對話，他也反思了自己的人生與職涯定位，開始了一連串的自我省思、否定、啓發、創造、重建，而且還否定了自己不運動的習慣，從微胖跑到精實，從規律慢跑到半馬、全馬，全台全世界跑透透，讓自己更有體力耐力面對挑戰，這更是超級勵志！

太陽花學運中有句名言：「我們長大後都不要變成我們現在所討厭的大人。」

當然變成有權力的人也不要黑箱作業、不聽建言、拉幫結派、私利大於公利，僅以此與戰友及此書讀者共勉。

（本文作者爲交大資訊工程系講座教授）

推薦序——

突破框架的駭客精神

簡宏偉

拿起忠憲老師的《隱性反骨》，看完一篇就停不下來，一口氣讀完，眞是暢快。忠憲老師在書中所表達的精神，其實是一種生活態度，也是駭客的精神：突破框架、跨域學習、獨立思考、堅持不懈。這樣的精神是追求自我實踐的路，也是每一個世代的人都需要的精神，不怕權威，敢於挑戰。

讀著書中的場景，隨著字裡行間的描寫，好像自己也重新經歷年輕時的歲月。在那個劇烈轉變的時代中，大人們都把每一個人的框架畫好，教導我們要聽話，不要懷疑。因爲大人講的都是對的，每個人就是念書、工作、賺錢。所謂的成就，不是自我的實現，而是完成社會上眾人的期待；所謂的專業，就是只會自己學習的領域。思考不重要，哲學文化只是旁枝。只要超出了原本畫好的線，就會被指責離經叛道，被硬拉著回到原來的線。這樣的年代的確培育出很多優良的技術人員，但是在文化上總是少了些燦爛的煙火。

我們早期的教育模式，著重填充式的教育方式和機械式的學習方法，例如在數學科目上，我們的學生很會計算，但是缺乏邏輯的思維；我們可以很快地找出答案，但是很難發現新的事物。在課堂上，總是老師單向教授，學生聽講，很少雙向地討論，也不能質疑老師的講法。久而久之，我們就喪失了問問題的能力，之後也就失去了獨立思考的能力。其次，我們的教育系統重視在單一專業領域的成就，並不鼓勵在文化和哲學上的培養，漸漸地社會上充滿了專業的技術專家，卻少具備人文素養。這個現象在和國外人士交流時尤其普遍，大部分的國人都可以對專業知能侃侃而談，而談到文化、人文、社會、哲學、歷史等軟科目時，就很難深入和對方深入，這是我們整個教育體系和社會氛圍所形成的現象。

什麼是駭客？什麼又是駭客精神？爲什麼駭客精神是我們現在最需要的社會精神？這可以從忠憲老師的書中看到。

突破框架

我們的社會正處在一個數位轉型的契機，現在需要的是能基於過去的經驗，掌握數位發展，讓國家可以在這一波中順利轉型，躍升爲以民眾爲中心的數位國家。這其中我認爲最重要的就在於駭客精神。我所認知的駭客，並非電影中常見的形象，在昏暗燈光下敲打電腦鍵盤，按幾個鍵就駭入別人的系統，盜取資料，這不是眞正的駭客。我所理解的駭客精神，是一種生活態度，能夠突破思考的框架，能從現有的環境和限制中，以創新的思維、不受限的眼光，提出新的看法，來解決問題。敢於挑戰現有的經驗和權威，在不疑處有疑，從細微的觀察中得出自己的想法。

跨域學習

其次，要能夠突破框架，就必須要有跨域的知識，從不同的領域中，融會貫通、旁徵博引，除了專業領域的知識外，在人文素養和社會關懷等方面，都能夠讓自己放開胸襟，吸收同時尊重多元的意見。尤其在未來數位化的趨勢下，數位平權是非常重要的課題。推動數位化，更要特別注意不能造成數位的不平等，不能因爲數位化的普及而讓資源不足的民眾，無法取得數位的資源，在推動數位化的同時，也必須兼顧數位包容，讓民眾自由選擇，不因民眾的選擇而有不同。跨域學習和人文關懷的培養，可以讓民眾包容不同的聲音，尊重不同的意見，對於社會的進步才是正面的效益。

獨立思考

獨立思考是年輕人很重要的能力，也是我們這一代需要大力加強的心態，我們要鼓勵年輕人去嘗試錯誤，勇於提出自己的看法，錯了沒有關係，我們要包容和體諒，讓年輕人在錯誤中學習，培養出自己的思維體系，能夠表達自己的看法，能夠充分論述和捍衛自己的想法，最重要的是能夠問對的問題，這才是建立整個社會進步的動力，這就是哲學體系的訓練。如同考試不應該只有一個答案，社會也不能只有一種意見，獨立的思考、不同的聲音、多元的意見，建立每個人的思維體系，才是社會活力的象徵。

堅持不懈

每一個人每一天都會湧現新的想法，而又有多少想法是眞正去實現，一直堅持到最後，直到完成呢？堅持到底，咬緊牙關，把一件事做好做滿，就是成功。我們的社會需要的不是每個人都有一樣的成就，每個人對於成功應該都有自己的目標和定義，想清楚了，堅持到底就是成功。我們都很敬佩匠人的精神，因此必須鼓勵年輕人去思考去堅持，來達到自我的實現。

突破框架、跨域學習、獨立思考、堅持不懈，這是我認爲的駭客精神。駭客精神是一種生活態度，不是在電腦上才是駭客，而忠憲老師在這本書中所表達出來的，就是這樣的生活態度。誠摯推薦這本書，希望每個讀者在閱讀完之後，都能夠仔細思考，如何活出一個駭客精神的人生。

（本文作者爲行政院資安處處長）

好評推薦

出版社寫信問我願不願意讀讀看並推薦這本書，我原來說，實在太忙了，不敢保證有時間讀。不過，一翻開第一頁便一直讀下去了。

——蔡慶樺（作家）

作者以流暢雋永的文筆，分享了他個人不停反思、反抗的的洞見和人生，值得大家細細咀嚼品味，進而凝視、省思自己的存在。

——行政院政務委員（郭耀煌）

認識李教授之後，眞的有種相見恨晚的感覺。

同樣是出身在環境不佳的家庭，同樣在英美才是王道的學術界裡，選擇了舊軸心國的日本、德國作爲留學地。理由也很簡單，都是因爲獎學金和公費學費。一個人文領域、一個理工菁英，卻都主張兩者缺一不可，最後都需走向哲學思考。

最重要的，我們都熱愛台灣這個國家。

主攻資安的李教授永遠沒有停止學習的熱忱，卻也不停告誡我們學問沒有極限。台灣太多高知識分子的傲慢，而這些傲慢來自台灣普遍性對人文的輕視和思考貧乏。李教授雖自稱「反骨」，但其實在還未眞正成爲進步國家的台灣，他才是爲全人教育和文明開化不停奮鬥的眞正學者。

而這本書，就是讓大家知道一個眞學者鍊成過程的可貴指南。

——蔡亦竹（實踐大學應日系助理教授）

昨晚在家客廳地板上來回三十分鐘三公里的慢跑時。我集中思考如何完成這篇推薦短文，驗證李忠憲教授的說法：跑步是在孤獨的旅程中，可冷靜思考的時機。在一個偶然的機會，我帶著朋友到南部科學園區、國家高速網路與計算中心，去拜訪時任副主任、專管資安的李忠憲教授，求教資安相關專題時，體會到在資安領域上能夠跟上李教授腳步的人不多。從此，我就是李教授的臉粉，每天要看李教授在臉書上跑馬相關的訊息，進而連結到他讀哲學書的心得和參與社會運動及論述台灣的未來。這樣一個跨理工、哲學、社會學、人文學及跑馬的學者兼作家，在台灣找不到第二位。非常期待這本從逆向思考、帶大家逆想人生的新書。

——莊哲男（成功大學工程科學系名譽教授、前國家實驗研究院院長、前國家高速網路及計算中心主任、前NASA資深研究員）

掙脫桎梏才能得到自由，但是多數人卻陷於思想的框架中而不自覺，我不覺得那是人生的選擇，因爲沒有選擇的選擇不算選擇。我們的成長環境有幸也有不幸，不幸的是從小教育太多框架束縛，幸運的也是太多束縛讓你很難忽視它們的存在，反而更有可能提早覺醒。當你開始挑戰自己的思想框架時，就是人生成長的開始，思想突破的過程或許辛苦，但是思想的成長卻是充滿了喜悅。

李忠憲教授的成長過程與各種辯證經驗都像案例說明一樣，可以協助讀者挑戰固有的觀念，從觀念的突破進而得到思想的成長。

——卓政宏（資策會執行長）

李忠憲教授，筆名留德華，是我嘉義高中、台灣大學錯過同系緣分，而且年紀小一輪的學弟，幸好有緣在成大成爲同事與好朋友。很高興找到伯樂的他，終於出書了，書名似乎想反映他的自我覺察，但在我眼中他絕非「隱性反骨」，而是充滿道德勇氣的「顯性正骨」。

從自序閱讀到內文，應該可以感受到一個從艱困中奮鬥向上的小孩，成績優異卻不隨波逐流選系的高中生，勇於接受異國文化挑戰而永不氣餒的研究生，對國家社會充滿道義責任的大學教授，正義凜然、直言不諱的資安專家，與一個不屈不撓、化苦爲樂的長跑喜好者。

如此勵志，當是典範，而非反骨。

——林啓禎（成大骨科特聘教授、醫策會董事長）

忠憲教授這本《隱性反骨》，是搭火車上班途中的創作集結而成的。他透過語音辨認技術「出口成章」，寫下自己對科技與資安的想法、留學德國的經驗、參與公民運動的歷練、哲學的思維、人生成長的過程……等不同的面向。從這本書中，可以看到一個鄉下貧困家庭出身的小孩，努力奮鬥的過程。透過哲學的素養，看到他如何走出所謂陽春教授的迷思，不斷的「以今日之我，挑戰昨日之我」，能對公共事務發表無私眞誠的建言，成爲社會的良心，他的臉書之所以會有眾多的追隨者，這也是原因之一。「你要傻傻無知地活著，還是痛苦地真正與生命搏鬥，這是人生的選擇！」真誠推薦大家一起來看忠憲教授的選擇吧！

——林宗男（台大電機系教授）

《隱性反骨》這個書名很有意思。這幾年來，我跟忠憲有較深刻的互動與往來，深覺這是很貼切的描述。在出身、求學、工作、生活的外在環境或反差、對映中，忠憲找到了此種既能安身立命，又可展現自我的獨特生活品味。他以孤獨、思辨、自我對話、鍛鍊體魄、堅持行動等這些生活中看似如常、卻持續積累能量的方式，淬鍊出生命的光芒。讀著讀著，我想起漢娜．鄂蘭說：「人要變得邪惡之前，一定要先變得平庸，那是一種超乎尋常的淺薄。」又想起卡夫卡所說：「我們雖然受著痛苦，卻是悲劇的喜劇演員。」《隱性反骨》應該就是讓我們可以在不完美的世界中，看見相對豐盛心靈的一種獨特表現，也展現出獨一無二的忠憲！

——詹婷怡（律師、國家通訊傳播委員會前主任委員）

其實我與忠憲兄至今還沒眞的見過面，但因兩人有相當多的共同朋友，時常在與朋友聊天中，聽到他的名字飛來飛去；兩人更是名副其實的「臉友」，但是又感覺好像認識很久了，可能是我們一樣是念理工的背景，喜歡跑步，同時有非常多的想法與人生觀等相當接近；也有可能是年紀差不多，成長、反省、覺醒的過程與進程非常接近，看他的書與臉書的文章有時好像在觀照自己一樣地眞實與親切。去年因緣際會在臉書上與他連結後，發現他除了資安專業以外，還幾乎每天跑十公里，又每天寫一篇短文，展現出非常人的無比毅力，常常以理工教授與留學德國經驗的角度講述與分享他對人生哲學的看法與詮釋。我也是幾乎每天看他的文章，讓我的心思可以在全理工的環境之外，感受到生活的不同角度，可謂受益良多。除了這是一本替我們這一代知識分子反省、記錄的好書以外，同時也是讓年輕朋友思考人生道路軌跡的參考書。

——吳宗信（交大教授火箭阿伯）

目次

第三章　打破自我的練習　117

千金難買少年貧／你願意爲何而死？／師生關係就像戴上考驗自己的魔戒／與其陷入他人地獄，倒不如檢討自己／不要拿那些殺不死自己的東西來考驗別人／人透過選擇來決定自己和人生／沒辦法靠打獵來訓練意志和堅持，不然就來跑馬拉松吧！

第四章　脫離常軌的勇氣　143

勇敢無懼、孤獨思考、否定自我／心在哪，人就在哪：跑步、寫作和生活就是旅行／歷經數百年愛戀的旅行和哲學／好好做一個對得起自己的人／能活著、可冒險眞是運氣好／該冒險，還是放棄？

23421
H
Li
here

序——

我的隱性反骨人生

叛逆的血液，能使靈魂屈服。一個這麼乖巧的小孩，身上可能流有這種血液嗎？回想自己年輕的歲月，父母完全感受不到我的任何衝撞。青春期的叛逆，彷彿從未在我身上出現。

從小我就知道，原生家庭處於社會階級的底層。父母所給予的資源，相較於我周遭的同學和朋友而言，非常稀少。於是，我開始用不滿、仇視的眼光，看待自己周圍的人群和社會。有這樣的心態，該如何反叛呢？

我不相信社會的體制，不信服師長的權威。雖然不滿意自己出生的社會階級，但卻無法逃離這一切。我相信要顛覆這樣的環境，首先必須進入這個社會，認同這個體制的價值。再按照別人所制定的遊戲規則，努力獲得肯定，然後才可能有機會改變一切。

我不喜歡別人幫我做決定，也不願接受社會一些約定俗成的想法和觀念。但就算我不接受也毫無用處，我得走出一條自己眞正想走的路。因此，我收起沒用的憤怒，隱藏不滿的叛逆，一步一腳印地開拓出屬於自己的人生。我的決定與行動，讓自己的人生道路風光奇異，別有一番景象。隱性叛逆，不僅反映這本書的哲思，也代表我的獨特人生。

我，出生於貧困工人的家庭。小學畢業以前，因爲家中沒有讀書的環境，幾乎不曾瞭解過讀書爲何物。中學之後，想要翻轉自己的人生，才開始立志認眞求學。智力測驗的成績雖不高，卻可以一直在全班及全校維持第一名的學業表現。接著，我順利考上大學第二類組的第一志願、同校系碩士班榜首和公務人員高考一級。但是因爲父親投資失利，背負龐大的債務，在不願爲環境所操控的情況下，我毅然決然地遠赴免學費的德國，去攻讀博士學位，想掙脫命運的枷鎖。後來又考上教育部公費留學，且圓滿拿到德國博士，回成大教書。之後，我不只專注在自己的學術研究領域，也因爲研究資訊安全，積極參加影響社會的公民運動。

不僅如此，因爲不甘於現狀、持續否定自我的人生哲學，我從三年前開始積極執行跑步訓練的計畫。即使在沒有任何運動細胞、體脂又飆高的狀況下，還是逼迫自己累積到八千多公里的跑量。截至目前爲止，已完成了二十幾場的馬拉松賽事。

世界上，沒有兩個人在外貌、性格和能力上是一模一樣的，大家都不該被放進相同的鑄模裡塑造，也不該以同樣的尺規衡量。如果屈服於這個社會體制的限制與約束，喪失了出生時的原創性，最後將成爲毫無特色、缺乏意義的複製品，這是多麼令人惋惜的事情。

想活出原創的生命，不要成爲複製品，絕對不能完全地驅從、順服，而要勇於反抗社會體制的制約。但反抗有兩種形式：一種是顯性，用積極革命的激烈手段來顚覆一切；另一種則是隱性，服從體制內的遊戲規則，努力超越自我。前者會摧毀許多人、事、物，也不一定會有正面的結果；而後者則是在各種客觀條件都相形遜色的情況之下，正面挑戰自我，積極地從中踏出一條自己的人生道路。

貧窮苦讀竟不讀醫，出國留學但不留美，天生痴肥卻跑馬拉松，理工教授反而喜愛哲學思考，這就是我所謂反抗精神的刻痕。透過孤獨的思考、自我的否定和無懼的勇氣，努力嘗試讓自己活成無法複製的原創人生。

我思考、我留德、我行動，後來我跑步。雖然我從不認爲自己是個典範，但在此我深感榮幸，有機會能跟大家分享我隱性反骨的哲思與人生。

1 chapter 第一章

關於我和我們這一代

生在貧窮、不受寵的家庭

我小時候生長在大家庭，爸爸是家族的長子，卻是家裡最不受寵的孩子。奶奶比爺爺高大許多，二叔也長得高頭大馬，足足比爸爸高出一個頭。他遺傳了奶奶的好基因，從小就集三千寵愛於一身。

爸爸自國小畢業以後，奶奶讓他去當學徒，沒有繼續念書。雖然爸爸的導師，曾經來家庭訪問，誇讚爸爸的資質還不錯，並央求奶奶和爺爺讓他念初中。但繼續升學之路，對他而言，就像遠在天邊的太陽，可望而不可即。

二叔的人生就完全不同了。他小學畢業以後，考上縣立初中，然後再念完縣立高中。可惜最後沒考上大學，只好留在一家國營機構工作。二嬸則是嘉義市區米店的千金，家境不錯。他們結婚以後，就在我們老家一樓開了一間雜貨店。

我們小時候住的房屋，外觀看起來很老舊，屋內採光又不佳，感覺有點陰森森的。而一家五口就擠在一間木造的小閣樓裡。屋內除了有一大片床板外，別無其他空間。大家庭最好的房間，則分配給二叔他們一家人住。

小時候我總不明白，爲何同在一個屋簷下，卻存在這麼不公平的事情。而媽媽總解釋說，因爲我們家比較不受寵。雖然爸爸身爲家族的老大，但個頭矮小，只有國小學歷；而媽媽只是鄉下果農的女兒，娘家無權無勢。因此，在大家庭中，我們家始終居於劣勢。

雖然跟二叔一家人，每天朝夕相處，共用一間狹小的廚房，但兩家的關係並不密切，甚至還有些緊張。這個大家庭的人口眾多。爸爸和二叔的家庭都各有五人，加上爺爺、奶奶和兩個堂弟——他們三、四歲時被遊手好閒、當小混混的三叔丟棄在路口，自己走回老家——大家庭總共有十四個人。

從我念中學開始，成績一直都是名列前茅，但是除了與我共擠小閣樓的家人以外，大家庭的其他成員並不清楚。有件事至今我還記憶猶新：當時電視新聞公布大學聯考各類組第一志願的最低錄取分數時，我正好就在二嬸的雜貨店裡面。

那時二叔和我一起看到新聞時，我開心地說：「我考上第一志願了！」「眞的嗎？那可是原始分數，沒有加重計分，你有搞清楚嗎？」二叔的反應極其冷淡，我沒有回答就逕自離去。其實不管是對於二叔的冷漠反應，或是新聞播報的放榜消息，我一點都不驚訝。因爲我的分數可是比電視看到的錄取分數，還多了好幾十分。

我孤獨而疏離的個性，跟從小成長在這樣的大家庭環境，絕對脫離不了關係。這個大家庭人口密集，活動空間狹窄。雖然同住一屋，朝夕相伴，彼此之間卻毫無感情的交流。因此，久而久之，我對人就自然而然、逐漸地喪失興趣了。孤獨、自由變成是內心的一種渴望；獨處是一件多麼美好、奢侈的事情。

每天晚上，全家就聚在小閣樓裡。大家睡覺時，我躺在床板上的最左邊，而我的左手邊緊連著一個衣櫥。從小我就很懼怕地震，擔心這個衣櫥會搖搖晃晃、倒下來把我們一家人全部壓死。幸虧這種擔憂，從來就沒發生。當然，我也不曾跟父母分享內心的恐懼。在家我總是只報喜不報憂，因爲他們身邊要操煩的事情，已經滿滿一籮筐了。

從我睡覺的位置，可以看到衣櫥和牆壁之間，有一道黑暗的縫隙。一開始，我很畏懼這個縫隙，總擔心是否有鬼魂躲藏在裡面，或是有老鼠和蟑螂居住於此。幸虧媽媽總是將屋內維持得非常乾淨。雖然免不了有蚊子從縫隙中飛出來，但還不至於跑出老鼠和蟑螂。

等我稍微長大以後，這個黑色的小宇宙，就成爲我編織夢想的來源。常常望著它，我腦海裡就想像起無數的事情，從童話故事、武俠小說，一直到偵探世界。這些無邊無際的想像力，每天陪伴著我進入夢鄉。

後來，爸爸幻想要成爲有錢人，大舉向銀行抵押貸款，操作巨大的財務槓桿，最後不幸投資房地產失利，積欠龐大的債務。因爲我們小孩也無力爲他背負債款，他只好拿出自己繼承而來、較不值錢的那一半房地產，在房市還不景氣時，就認賠出清，轉換成金錢再拿去還債。

每當我回到嘉義市的故鄉，偶爾還會刻意經過小時候居住的老家，但總是少了一份緬懷童年往事的情懷。取而代之的，是一種如釋重負的輕鬆感覺。我總算能夠脫離這個鬼地方了！

砂石業司機，曾經是我生涯的職業選項之一

砂石業司機，曾經是我未來生涯的職業選項之一，這是我現在同溫層人士所難以想像的事情。這聽起來或許有點悲涼，但司機就屬於我出身的藍領階級會從事的工作，因爲在我成長的過程中，曾親身經歷或耳聞許多辛酸血淚的底層社會故事。那一段過往的慘澹人生，本來已經逐漸離我而遠去了，但因爲報載楊俊瀚的爸爸是一個砂石車司機——楊俊瀚二〇一七年在世大運白米奪金，他穿破釘鞋追風、有「台灣最速男」之稱——又勾起我這段童年回憶。

從小我對砂石車司機，眞是再熟悉不過了。從事這種職業的人，光從外表，我就能輕易辨識出來。他們的生活，總是檳榔不離口、香菸不離身，所以有滿口黃黑的牙齒，身上還散發出一股嗆鼻的菸味。這是他們爲了應付工作上的長時間奔波，不得不提振精神所養成的習慣。

爲什麼這種工作，我會如此熟悉呢？因爲我爸爸是一個輪胎師傅，開了一家小

規模的汽車輪胎行，而砂石業司機，是他經常往來的重要客戶。以我小時候成長的家庭環境來看，未來是極有可能走向類似的職業生涯。因爲，在我的家族成員中，就有幾個在當司機。

被稱爲台灣奇蹟的建築業，有一部分應當要歸功於砂石業司機的貢獻。但他們的工作，如果用一句最貼切的話語來形容的話，就是每天都疲於奔命。以正常的工作量而言，一般司機一天南往北來，至少得跑個三趟，即使跑個四、五趟的司機也爲數不少。他們工作的勞累程度，絕非常人所能想像，相當是用性命來換取金錢。因此，他們的收入，普遍也還算不錯。

砂石業司機的工作，每天都早出晚歸。通常天剛破曉，他們就要開車上班；而晚上七、八點之後，才能收工，再度回到砂石場停車。因爲車子長時間行駛，大卡車的輪胎自然磨損得很厲害，所以經常需要汰舊換新。比較愛惜生命、重視安全的司機，寧願使用全新的原裝胎；而較省錢、鐵齒的司機，則會選擇使用再生胎。

一部砂石車的輪胎，一般有十四輪，也有十八輪。由於車體十分龐大，如果需要更換輪胎，司機絕對不肯開到市區狹窄道路的小輪胎行，因爲這樣不但妨礙交通、險象環生，又浪費時間。一般而言，做輪胎師傅的爸爸，必須在晚上七、八點時，開車到砂石場爲他們的大卡車服務。如果更換或修補一、兩個輪胎，加上來回車程的話，大約需花費一個小時。但也時常碰到十四個輪胎全部需要更換的情形，這至少就需要五個小時。所以，每次我們工作返家後，通常都是夜深人靜的時刻了。

一般的砂石場，都位於鄉間偏僻的溪邊。天氣好的時候，舉頭可以望見皎潔的月色和燦爛的點點星光。但在迷人的星空之下，卻是一大片漆黑、可怕的荒野。所以，從九歲開始，我就必須拿著手電筒，爲爸爸的工作打光、照明。兒時對於巨大的砂石車相當敬畏，光是車體上的一顆輪胎，就重得要命。看著爸爸鑽在車底下，利用千斤頂抬高車輛，心中充滿無比的恐懼和不安。萬一這輛大車，突然坍塌下來，後果實在不堪設想。爸爸的同業朋友，就曾經因爲千斤頂出了問題，造成脊椎嚴重損傷，導致終身癱瘓、失能。

爸爸的職業生涯中，也曾發生過無數次的意外傷害。有次因爲砂輪機的葉片破裂，打斷自己右手手肘的血管，一時之間血流如注，傷勢相當嚴重。幸虧外科醫師還能接回血管。休養幾個月之後，他終於又能回到工作崗位。當初，如果爸爸不幸失能的話，我將被迫中輟學業，或許打打零工、貼補家用，抑或是長大後擔任司機之類的工作，也可能接手爸爸的輪胎行，過著和現在截然不同的生活。

小學的作文課，總會寫到「我的父親」的題目，談到爸爸時，我內心眞是自卑不已。尤其看到同學的爸爸，西裝筆挺地開著轎車，到我家修理輪胎。而爸爸總是一身骯髒的工作服，一臉烏黑地在車底下鑽來鑽去。我印象中的爸爸，從來就沒有一張乾淨的臉，所以我在作文裡，描寫他的第一句話就是——爸爸有張黑黑的臉孔，年紀已經五十多歲了。媽媽看到這句描述時，氣得七竅生煙，把我臭罵了一頓，因爲當時的爸爸其實還很年輕，才三十歲出頭。

國中作文寫「我的志願」時，我在文章中特別強調「希望自己將來能夠擁有一份正當的職業，可以養活自己，不要成爲社會的負擔」。老師當然無法理解一個學業名列前茅的小孩，爲什麼想要這麼平凡的未來。但這個願望，根本就是發自我心底的聲音。我周遭的親戚朋友中，確實有不少人，非但沒能力養活自己，甚至還給家人增添很大的困擾。

出生於貧困的家庭，人生眞的是嘗遍千辛萬苦。但是以追求生命的意義而言，無疑是一種上帝的恩寵。比較的基期低，可以得到相對較多的滿足和成就。相較那些出身於世家的同學和同事，可謂占盡了優勢。但許多人很難明白，家裡一無所有到底能有什麼好處？而我反倒認爲，出生時就能擁有那麼多的東西，實在很糟糕。

想要追求有意義的人生，探索生命的價值，一定要有向上提升的動力，而所有的動力基本上就始於求生存的念頭。

生命的意義，到底是什麼？當人們第一次得到自己想要的東西，達成自己期待的願望時，通常會雀躍不已。第二次以後，這種喜悅的感覺，就會褪色。多次以後，我們會變得習以爲常，對於這些輕易獲取、持續擁有的東西，或者是日復一日、不斷重複的事情，再也不會產生任何的興趣和感受。爲了能擁有活著的感覺，我們需要更多的欲望去追求，讓生活永保刺激和挑戰，以賦予生命意義。

我們生命的意義，一部分就來自於「想要更多」的欲望。成功的人，想要更成功；富有的人，期望更富有；掌握權勢的人，希望獲取更多的權勢。雖然這種「想要更多」的欲望，是推動自我要求的重大力量，讓我們的夢想得以實現，生命能夠多采多姿。但是當我們的欲望高張、需索無度時，將會迷失人生的方向，造成恐懼與空虛。相形之下，欲望較少的人，反而較容易滿足、快樂，活得較輕鬆、自在。

然而，如果說欲望是所有不快樂或不幸的根源，實際上也未必盡然。因爲當我們拋棄欲望的同時，等於人生也喪失追尋的目標，同樣也會產生空虛和恐慌的感覺。人們需要擁有適度的欲望，才能有活著的感覺。問題是，我們想要追求的東西，到底是什麼？想獲得的東西，會不會太多？還是太少？到底需要怎樣做，才能夠剛好填飽自己欲望的胃口呢？

遲來的大學啟蒙

我大學的時候，曾經幾次去法學院找朋友——絕對不是去法學院女生宿舍站崗之類的——不小心聽過幾場林佳龍的演講。當時我連「國語」都講不好，是一個在升學主義下、塞滿黨國思想、從南部北漂求學的窮小子，聽到口才這麼好、邏輯這麼清楚、思想這麼先進的學長言論——現在覺得其實也沒有，就是要求台大學生代表會，能夠由學生普選和倡議言論自由——仰慕之情滔滔不絕，我如同野百合的卒仔，仰望政治明星的那種感覺。其實說眞的，野百合的卒仔還爲數不少，他們獻身於當今的學術界、政府機構和公民營事業。我還曾在一些場合中，遇到幾個重量級的大人物，私下跟我打出野百合的暗號。

那時候，台大的校園常常看到「自由之愛」的字眼，主要的運動訴求就是學代普選——學生代表由學生直接選舉。因爲參加這個運動，很多人被記過、刊物被查禁、幹部被撤換，到最後的最高潮，就是李文忠被退學，但廢除了刊物的審查、推動了校園的民主——這兩者是自由之愛運動的主軸。

我剛上大學的時候，看到這個運動並沒有什麼概念，只覺得其中有些行動，挑戰了自己心中原有的尺度。我也沒有因此踏進那些風起雲湧的大新、大陸、大論社等社團一步，只是謹記著自己念電機系該盡的本分，帶著一副看熱鬧的心情，坐在觀眾席上。尤其看到鄭文燦在台大電機系只念了一年就轉學，傻傻地認爲這一群人眞是大逆不道、十惡不赦，怎麼可以這樣挑戰學校的尊嚴和國家的體制？學生不是就應該好好念書，搞什麼自由之愛？這種保守、安全的想法，讓年輕的自己平順地念完了大學、研究所，並考上公費留學和高考一級。當時我的骨子裡，深植著濃厚的黨國教育思想，以身爲黨國菁英爲榮；腦筋裡除了那些工程數學、電磁、電路、電子學等等的知識外，完全沒有什麼其他的東西。

但是湊熱鬧以後，終究會產生一些改變。特別是聽到演講者談論到好幾位知名的作家、哲學家，例如卡繆、赫塞、歌德、阿德勒、齊克果、叔本華、杜斯妥也夫斯基等等，於是我開始大量閱讀新潮文庫的書籍。閒書看多了，沒有時間去上課，也耽誤到重要的學業。所以，我在電機系功課最重的大二，幾乎每一科都告急，期中考成績慘不忍睹。期末考前才發現事態的嚴重，只好考前幾天幾夜臨時抱佛腳、囫圇吞棗，不知道自己到底在學些什麼。不過最後還是得感謝許多墊底的僑生同學，讓我保持大學成績沒有被當的不良紀錄，但是慘兮兮的是，好幾科的學期分數，都只能超低空飛過。

我算是覺醒得非常晚的人。當時在台大自由之愛的環境氛圍下，讓我有很多反省和思考的空間。因爲成長在這樣的背景，我總覺得人都有救，並且頗能接受別人被政客欺瞞和操弄的那種愚蠢模樣。我甚至相信，每個人一直到死之前，都還有反省和成長的可能性。

不過如果你是我的學生，看了這篇文章後，千萬要記取我的教訓，好好學習電機系的專業。倘若有一天跑來求情，說自己會被當是因爲看了太多閒書，這樣是得不到憐憫的。我只不過是你們某某課程的經師，並不是所謂的人師。當年我自己也沒有去跟老師求情，後果都是自己來扛。人必須爲自己的選擇及人生負責，無論走怎樣的道路，都有好或不好的一面。

當年我這個野百合的卒仔，透過高考一級及格，分發到台北市政府受訓時，屬於事務官，職級是薦任第六職等；正式任用時，則是薦任第七職等。而學運出身的明星羅文嘉，那時擔任政務官，已經是簡任第十三職等了。雖說這些職等並不代表什麼，但卻可以帶來一種啓發：想做什麼就勇敢去做，沒有什麼事情是不可能的。當時去德國留學那件事，我要是打了退堂鼓，留下來繼續當公務員的話，現在大概會是薦任第九職等而已。可能在生活和工作上，都會感到輕鬆很多，但是不知道能否過得幸福、快樂。不過，想這些其實一點用處都沒有。人生就只有一次，一切不可能重來，無論未來想要選擇哪一條路走，就勇往直前吧！

跨越理工或人文的二元思考

資訊科技革命之後，許多專業的知識，都在網路上唾手可得，不再是少數人可以獨占某個領域學問的時代。基本上，傳統的專業圈地壟斷的現象，已經被打破了。但是鄙視專業的程度，也變得相當可怕。這種鄙視、偏見，有一部分是來自於許多影集喜劇，刻意放大、諷刺專業理工宅男的刻板形象而來。這些劇情的笑點，大致聚焦於三項主要的批判：理工出身的人，一定缺乏日常生活的知識；只懂得高深的數學或物理理論；對於人與人之間的關係根本一無所知。

我自己就是理工出身，一開始不知道爲什麼要念理工，只因爲年少輕狂，違抗體制，不肯從俗學醫，於是就踏上這一條不歸路。如果我沒有去德國留學、念書，一輩子只接觸過台灣的教育體系，那麼對於許多人事物的偏見，眞的難以消除。例如，念最頂尖學校的人才最偉大；考最高分的學生才最聰明；男生的數理能力比女生好；數學程度不好的人才會去讀社會組。諸如此類，各式各樣的偏見，深植在我們從小到大的教育環境和家庭社會當中。尤其在台灣這樣一元化學校教育的環境中，總是認爲讀人文的人，數理能力不好；念理工的人，缺乏人文素養。再加上許多政客、官僚，滿嘴都是偏見，不僅有科系、性別，更有種族的歧視。

當年我們一群人，一起從台灣搭飛機到德國求學。記得有一次聊天時，有個男生有感而發、告誡大家：「千萬不要找念音樂的女生當女朋友，這些女生每天都在練技巧，沒有時間動腦筋。而且個性嬌貴、難養，絕對不是當賢妻良母的料。」當下，我並沒有很在意這種說法。只是直覺地想像，這個男生的戀情或許很曲折。他說不定曾被女友拋棄，而其中的一位，應該就是學習音樂的漂亮女生。

最近，突然又想到「不要找念音樂的女生當女友」的這段話。在我長跑活動的過程中，針對這種說法，進行反芻、思考後，覺得它實在沒有什麼道理。音樂的學習，應該包含欣賞、練習、演奏、創作等過程。沉浸於音樂的世界裡，應該不只是像練習演奏樂器般，一種手指和頭腦兩者之間的單純互動而已。

念音樂科系的朋友曾說過，他們經常在鋼琴前面一坐就五、六個小時。練琴所花費的時間和精神，跟跑完一場馬拉松相比，其實相差不多。所以，在那種像跑步一樣的漫長過程中，一定也適合用來進行內心的對話——想像事情、思考各種問題。若依照這同樣的邏輯，學理工的人不管是應用了什麼高等數學推導出理論，或是一天十幾、二十個小時都在設計演算法和寫程式，到底又動了什麼腦筋？思考了什麼？長期下來，或許還真的會喪失掉與人互動、溝通的能力，而變得只能跟自己的電腦溝通。

無論是學理工或是人文，同樣都在探索世界。理工與人文，究竟有什麼不同？理工領域所面對的問題，通常比較具體、簡單，一般不牽涉到十分複雜的人、事、物，需要控制的變數較少。因此，有許多理工的問題，都能搬進實驗室裡掌握並重現；提出的理論，也可以重複驗證。如果不愼犯下錯誤，影響的層面一般不大。後果頂多就是計畫失敗，研究方向沒有前途，或是拿不到未來科研經費的補助，導致整個研究團隊失業，就如此而已，還不至於影響到社會大多數的其他人。所以自然科學領域的研究人員，對於研究議題所秉持的態度，常常可以「大膽假設」，再慢慢「小心求證」。

人文領域則不然。社會科學的問題，通常較爲錯綜、複雜，牽涉的因素環環相扣。在人、事、時、地、物中，只要有一項參數不同，結果往往就迥然不同。大多數的決策，根本無法完整模擬，沒辦法重現整個決策和影響的過程，最終結果更是難以預測。很多決策和執行，只是抉擇和承擔的問題，甚至事後進行省思、檢討，也難以區分何者是導致失敗或促成成功的關鍵決定因素。只能透過學識與經驗主觀地揣測、推斷和分析。因此，相同的一件事情，正面陳述的邏輯有理，負面攻擊的邏輯也同樣沒問題。幾乎無法移到實驗室裡重現，客觀地檢驗假設和理論的正確性。

全世界的政治領袖，絕大多數都是人文出身，鮮少來自理工背景。許多人在探討政治領袖的出身背景，到底是理工好，還是人文好呢？我認爲純粹由理工教育所培育出來的人才，不見得比人文背景出身的人更適合涉足政治事務。第一次世界大戰爆發之後，許多德國學者發表了一份宣言《告文明世界書》，爲軍國主義發動的戰爭辯護，包括馬克斯·普朗克（Max K. E. L. Planck）和威廉·倫琴（Wilhelm C. Röntgen）。這些包括許多諾貝爾獎得主的自然科學家，雖然在自己領域內的貢獻造福了全世界，但是外溢出的影響力，也危害了全人類。這是德國軍國主義的濫觴，來自於一群理工思維的傑出科學家所共同促成的。

我們這一代所接受的教育訓練方式，因爲黨國至上，再加上白色恐怖，大多數書讀得好的人，不是選擇學醫，就是念工。塡鴨升學主義至上，造成夜以繼日的苦讀，加上就業後焦頭爛額地工作，導致這群人埋首於自己的專業領域中，而無餘力關心周遭的事情。反正在單一價值觀念下的台灣，只要念的是第一志願，就永遠都是知識分子、社會菁英，就自我感覺良好，甚至目空一切，不可一世。至於自己到底是否與時俱進，有無關心國家社會，或者有沒有被政治霸凌自己的專業，根本都無所謂。

雖然德國也飽受民粹主義的傷害，但是大部分的德國人常常閱讀書刊，關心國家社會事務。在台灣則因工作壓力太沉重，除非自己想得開，否則自然科學的專業人士，大多沒有時間閱讀與自己專業無關的書籍。平日可能連睡覺時間都嫌不夠，能看看報紙就算很不錯了。如果再看點軟性休閒的書刊、雜誌，就覺得過於奢侈，更別提什麼嚴肅、生硬的內容。在這樣的背景下，不少菁英分子就變得很傲慢，又缺乏人文素養和社會關懷，沒有自由、民主、人權的基本常識。

在柏林留學、研究時，身邊不乏理工科背景的同事，除了專業的工作外，也同時擁有許多個人的嗜好。像柏林那樣可以營運許多音樂廳、歌劇院和博物館，就是仰賴如此有內在素養的國民才能支撐。而且他們普遍都關懷或積極參與社會公民運動。想到自己在德國只能算是一個極普通的國民，在台灣竟然屬於少數的異類分子，不免覺得很悲哀。

在現代世界中，社會科學出身的人，需要具備自然科學的基本知識；而念自然科學的人，則必須具有社會科學的基本知識。特別是身為領袖或政治人物，我覺得應當是一位終身學習且具有跨領域知識的通才。德國社會學家馬克思·韋伯，曾於一九一九年在慕尼黑大學發表篇名為〈政治作為一種志業〉的演講，他提到熱情、責任感和判斷力是政治家需要滿足的重要特質。這三個要件和從什麼領域出身，根本沒有關係。

我們到底會成為怎樣的人，專業當然有影響，但關鍵的決定因素，還是在於個人，而非自己所學的專業為何。將理工人或人文人養成的性格，當成星座或血型那樣來解釋，絕對是一種偏見。更何況在資訊科技革命之後，人工智慧正在打破科際的界線。科系之間的偏見，其實跟男女之間的偏見一樣，遲早都應該被時代淘汰！

如果我不是一個陽春教授，可能對社會毫無貢獻

前一陣子，我拒絕了幾個行政職的邀請。而且本來拿到科技部海外短期進修的補助，預計休假要去德國進修，但因爲肺炎瘟疫的爆發，變得無法成行，這是任誰也預想不到的事情。全世界的人，都因爲這個瘟疫受到干擾。許多出國旅行、遊學、進修和留學的計畫，也因此不得不改變。但總不應該因爲這樣，而選擇去做官吧？所以，我還是希望未來疫情紓緩之後，能夠出國進修，這本來就是我原先預定要做的事情。

看看自己最近連續跑了八天的馬拉松訓練，想想自己還眞的是非常固執。話說好聽一點，這可稱爲「恆毅力」，說難聽一點，叫做「不知變通」。在參與公民活動、成爲某種程度的公眾人物之後，我替自己畫下了幾條紅線：第一是不上電視；第二是不拿錢寫稿；第三是不當政治人物。運氣很好，目前爲止我還沒有違背那時所立下的原則。

我的人生相當痛苦，鞭策自己的程度，是一般人所難以想像的。中學時曾經按照自己的計畫讀書，連續幾個月來，完全都沒有違反自己的規畫。連睡覺的時間，也都必須完全在自己的掌握當中。也曾經長達幾個禮拜，都沒跟任何人講過一句話。這樣的獨處生活，帶來了反省和思考，產生了效率和自由，也伴隨了孤獨和難以社會化的結果。

每個人都想要在短暫的一生中，留下一些存在的痕跡。有一次我單獨一個人，抽空跑去看數位修復版的《末代皇帝》電影。慈禧太后在死前的那一幕，那種詭異、可怕、孤獨，而且像黑洞一樣的空虛感，一直籠罩在我的腦海中，讓我一直想到「連死亡都不能安息」的痛苦。

偶然之間，我看到德國媒體有一篇介紹旅遊的文章，談到即使在肺炎瘟疫蔓延的時刻，也應該要積極規畫自己的休閒生活，讓日子能過得多采多姿。然後，那位作者提到了台灣，他形容台灣是「一個比較好的中國」。這讓我聯想到，許多人覺得我的粉絲專頁「留德華教授的臉書筆記」中，使用「華」這個字並不合適，應該改成留德「台」比較符合現狀。然而，就我的認知中，即使目前台灣在國際地位、國家處境方面，仍然艱巨、困難。要去除留德華的「華」，雖是輕而易舉的事情，不過，想要徹底改變「中華文化」對台灣七十多年的影響，可是超級巨大的社會工程，不花費幾個世代的時間，是絕對無法達成的。然而，近幾年來，台灣的社會日漸走向多元、開放、自由的道路。看到有關同性婚姻的承認或《刑法》的通姦除罪化，這些接近西方價值的進步觀念得以落實的情況下，未來去中國化的變革，或許並不需要那麼久的時間。

中華文化的政治哲學中，最大的精髓所在，就是「每個人都想要當皇帝」。在這個前提之下，其他的事情就變得一點也不重要。尤其是在台灣的政治圈上，我們可以看到許多機會主義者，完全沒有什麼政黨或個人核心價值的理念，原因也源自於此種心態。大家覺得只要能當皇帝，其他的事情都沒有那麼重要。

當然不是每個人都有機會可以當皇帝，但這種「學而優則仕」的哲學，具體而微地展現在我們日常的生活當中。由於歷史的偶然，我在台灣去中國化的過程中，曾經參與令人矚目的公民運動——反服貿二類電信和資料庫的開放、反中資入股IC設計等等。因此，有了很多的媒體曝光度，也認識並接觸到不少當今有權力的人物，擁有許多可能進入政治圈的機會或誘惑。

記得以前在念台大碩士班時，我的老師曾經問我：「當一個陽春教授，能夠對社會有貢獻嗎？」其實以我自身的例子來說，現在正好可以回答他那時的提問。當初我如果應邀接下任何公職的話，因爲有利害關係與職業倫理的問題，在專業判斷上，恐怕很難講出什麼眞正想說的話。學而優則仕的觀念，往往影響人的選擇，以爲做官的選項，應當優先於當陽春教授；誤認得到較多資源分配的人，學問永遠比較高深。這種心態與觀念，其實是我們升學主義和單一價值教育所塑造的結果。升學科目的考試分數優秀，就被歸類成好學生；若分數差勁，其他科目即使再好，還是壞學生。大家誤以爲壞學生沒有尊嚴，甚至沒有價值。

我前半輩子的人生，幾乎都是跟隨著別人定義下的指標而前進。以爲在很多指標下有卓越的表現，才是一個優秀、有價值的人。至於這些指標的意義爲何，很多人完全沒有深思熟慮，甚至毫無質疑地接受，並奉此爲圭臬地奉獻一生。以我自己的職場爲例，甚至是連當到教授了，都還習慣在一元化的價值觀下做事，終身無法脫離苦海。其實，台灣的學術界需要更多元化的價值，更多人擺脫虛無指標的制式價值，更多人關心學生教育，更多人投入社會服務，更多人來尋找台灣問題的答案。然而，非主流、另類的教授被集體侮辱、排斥的事件，卻比比皆是。這些勇敢的教授，喪失他們應得的尊重和掌聲，甚至還失去了工作。我的運氣相對比較好，得到了一些不該有的虛名，但是其實我和其他的另類教授，根本也沒有什麼兩樣。

在台灣當官是一件十分耗損的事情，在沒有人敢講眞話的大環境氛圍下，下位者巴結上位者，上位者逢迎更上位者。有理想、抱負的人，一旦進入這樣的體系，可能不用一年人就廢掉了。這也是很多不同領域的學者，在進入官場之後，會覺得失望的主要原因。實際上，在一個組織之中，如果成員敢講眞話、能做實事，才有可能進步。我們需要改變學而優則仕的觀念。我並非全盤否定進入政府機關或政府單位服務的學者，而是期望他們能夠改變這樣的環境。不要自認爲高人一等，很多事情應該是術業有專攻。最後，回到那個問題：「當一個陽春教授，能夠對社會有大的貢獻嗎？」我的答案是，如果當初我沒有放棄在學校、政府機關或其他公法人當個小官的機會，這些年來我的做事方式和選擇絕對會不一樣。我不敢說自己對社會有什麼大的貢獻，不過，如果我不是一個陽春教授，或許對這個社會眞的會毫無貢獻。

別想追求幸福和擴大自己的影響力

在台灣好像有很多人常常提起德國哲學家和社會學家馬克斯．韋伯的兩篇文章：〈政治作爲一種志業〉和〈學術作爲一種志業〉。其實講成「志業」，好像太抬舉了這兩種行業的社會地位。這裡中文翻譯爲「志業」的德文原文是「Beruf」，意思就是「職業」。職業不該分貴賤，即使是一個專業的木工或技師，也和政治人物或學者地位相同，或許韋伯也應該要寫出其他篇演講稿，像是〈木工作爲一種志業〉或〈技師作爲一種志業〉。但是他並沒有再寫類似的文章，或許如果像這樣繼續寫下去，肯定會沒完沒了。若針對不同的職業，每一種寫一篇，或許可以寫上好幾百篇。

我想韋伯特別挑這兩種職業來演講，應該是以他身爲一個社會學家的觀點而言，認爲這兩種職業對於社會的影響最爲深遠，因此特別需要強調其重要性。不過，依我個人的看法則認爲，從事這兩種職業的人，其實很難找到人生的幸福。從事政治工作的人，需要密切地與人互動，內心很難有寧靜的時刻。尤其在台灣的大環境下，政治人物如不跑紅白喜帖、不做選民服務的話，根本就是慢性自殺。很多自己主張的公共政策，其實並沒有經過深刻思考，都是匆匆忙忙地吸收、消化由助理擬出的那些方案，自己能夠盡快瞭解內容，再拿出來作一作秀，就已經非常不容易了。至於從事學術這一行，如果日子不是過得孤單寂寞、冷冷清清，要不然就是埋首寫論文、做研究。當生活覺得無聊的時候，又得出來擔任一些學術行政工作。在小池塘裡面爭英雄，幻想自己對宇宙人類的貢獻，因此也非常難以找到幸福。

不能為自己找到幸福的人，卻奢言要為整體社會謀求幸福，頗有一種犧牲小我、完成大我的高貴情操。以政治作為職業的特質是熱情、責任感和判斷力；將學術作為職業的特質是孤獨和超越。康德說：幸福是一種不穩定的感覺，與道德沒有必然的連繫。我們不應該追求幸福，以為努力追求個人幸福會產生良性循環的基礎，是完全錯誤的。畢竟這個世界有人可能會因為折磨別人而感到快樂。赫塞則認為只要人一追求幸福，就得不到幸福。叔本華更指出，世界上其實沒有幸福這種東西，而且從生活的經驗看來，幸福常常只是因為運氣好。

我曾經去跟一群高中生談學權的問題，很多來參加的都是高中的學生領袖。這些年輕人真的很了不起，言談舉止不知道比我年輕的時候強了幾百倍。他們侃侃而談的模樣，是我以前高中時所難以想像的。這些年輕人常常在從事運動的過程中，受到學校、社會和同學的壓力而產生挫折感。有一次，他們討論一個問題：「如何擴大自己的影響力？」有一個同學很聰明地列了很多技術性的方法。當然，他們請教了我的意見，但當時我真的不知道自己是否有資格提供他們答案。不過既然人都到場了，總要陳述一下自己的看法。

於是我說，千萬不要想擴大自己的影響力，人能夠改變的，終究就只有自己。想要擴大自己對社會的影響，往往得接觸很多複雜的情況。在這樣的過程當中，會帶來很多自己以前想像不到的問題，也會讓自己的人生變得相當複雜。其實只要能夠改變自己也就足夠了。每當有許多擴大影響力的機會造訪身邊時，往往會先給我不好的感受，我不相信怎麼可能這麼簡單地就能擴大影響力？而且還可以不用犧牲掉任何東西嗎？這是自欺欺人吧！

聽我講完這段話以後，我的高中三民主義老師林瑞霞，立馬衝到台上來。這位像唐吉訶德般、在嘉義市選市議員選了三、四十年的前輩說，她對我這段話的感觸良多。如果你改變不了自己，是不可能改變別人的。林瑞霞老師是一位傳奇人物。

她在一個到處都是男生的中學任教，人長得漂亮，而且很引人注意。她不僅教三民主義和公民教育，而且身體力行，已經參選過七次的嘉義市市議員選舉，但都不幸落敗。林老師說：「雖然有什麼樣的公民，就會有什麼樣的政治人物，但是我要樹立一個好榜樣，那就是一般好人家的女孩、一個正常的人，也可以積極參與政治。」

林老師想要打破，台灣人在二二八和白色恐怖之後，對於參與政治的恐懼感。她是一位教公民教育的老師，也是一位優質的公民實踐者。基本上，在嘉義市的地方政治環境中，像她這樣的人，要當選民意代表眞的非常困難。大家都知道，老師競選的原則有兩個：一是經費絕對不會超過十萬元；二是絕對不跑婚喪喜慶，拜票到半夜。這就是她每次參選都會強調的所謂「素淨參選」。她可能是在台灣唯一一個，使用最接近於德國政治人物的競選方式來參選的候選人。用理念訴求來爭取選民的支持，並且就這樣堅持了好幾十年。老師有個綽號叫「傻霞仔」，就是「唐吉訶德」的意思。

我跟許多成績好的學生一樣，念高中的時候，免不了會瞧不起三民主義這個科目，即使我的老師是「林瑞霞」。因爲這個科目就是洗腦、背誦，把一些標準的說法記憶起來，就能夠拿高分。以前上她的課時，我總是坐在教室最後面一排座位。

老師課上到一半時，常常會冒出一句：「班長，你現在是在算數學？還是在看物理？」當時我毫不以爲意，只覺得老師人很討厭，自以爲是地認爲教這種爛科目的人，還要打擾我幹嘛！當年少不更事，還眞的很對不起她。

林老師在嘉義有個桃山人文會館，至今她仍爲台灣民主和公民運動繼續在奮鬥。她嚴格監督嘉義市議會議員的出席和問政的狀況。也因爲有她，嘉義市的政治產生微妙的改變。她也很驕傲地說：「有一些市議員會跟我說，竟然讓我這個選不上的人來管他那個選上的人。」她也告訴我，現在有一些比較會察言觀色的市議員，爲了瞭解時代的脈動，常常會出席她所舉辦的公民活動。以前都只是過來致詞一下立刻就走人，現在還會留下來聽聽民眾的心聲，瞭解大家的想法。而且一直坐到最後活動結束，再參加最後的綜合討論，闡述自己的想法和做法。她說，太陽花公民運動眞的改變台灣很多，這不過其中的冰山一角。

我不曉得林老師未來還會不會繼續參選，只知道像她這樣的人愈多，台灣的未來就會愈好。希望總有一天，台灣會進步到有資格擁有像老師這樣的市議員——有核心價值的唐吉訶德，其影響力才能眞正擴展到很深遠。在我們的社會中，尤其政治領域裡，充滿了很多實例。這些一心一意只想擴大影響力的政客，即使讓他們一時爬到很高的職位上，若沒有核心價値，很快就會因爲掌握權力而墮落，消失得無影無蹤，反而沒有發揮到任何的影響力。這就像莎士比亞所說：那些揮舞金色翅膀的人，要特別小心，不要太靠近太陽，以免翅膀融化而墜落。

有幸躬逢其盛：野百合與太陽花運動

當年野百合的一些朋友低調地策畫三十週年的紀念活動，主題和電影《½的魔法》英文原名「Onward」一樣，不是勉懷過去，而是展望未來。我受邀在那場紀念活動中，講述有關「資訊安全」。填寫資料時，對方問我：「在當年扮演什麼角色？」我填上「小卒仔」；又問我：「有什麼感想？」我答：「至今還健康快樂的活著。」

兩次台灣重要的抗爭活動，我都有幸能躬逢其盛。野百合時，我的身分是學生，曾經坐在謝志偉老師的附近，因此瞭解德國的一些情形，尤其知道到德國讀大學完全免學費。當時的我，雖有出國留學的夢想，卻苦惱於沒有經濟能力。而這個免學費的資訊，對我而言，簡直受用極了。所以在念碩士班一年級時，我就開始努力學習德文，並且在德國順利拿到博士學位。

有一次，蔡英文總統剛好來成大參加「南台灣經濟產業論壇」。我演說時還談到這段留學德國的因緣，表示「參加學運好處多多」。後來去柏林跑馬拉松時，也拜訪謝志偉大使，他才知道有這麼一段他間接影響到我的故事。我們曾經做過許多有意義的事情，有時候擴散出來的正面效應，可能連我們自己都不知道。

太陽花運動，我主要是參與文鬥，反服貿電信的學界與業界專家連署的抗議、媒體上的論戰，以及後續的反中資入股ＩＣ設計等活動。在這個運動之前，我雖然在成大工作還算順利，但總覺得好像自己有某些部分早就凋零死去了。後來我開始寫文章和跑步，跟太陽花運動絕對脫離不了關係。

因爲第一次的學生運動——野百合，我找到未來的人生方向，前往德國柏林念書；第二次的學生運動——太陽花，我再次找到人生方向，去德國柏林跑馬拉松。這兩次運動是否深遠地改變了台灣，我不是很清楚，但是我非常明白，這兩次的運動都深深地改變了自己。

從結果來看，野百合運動沒有變成一場流血革命，而是一場民主的嘉年華會。但是，我們要知道，當時可是還有《刑法》一〇〇條。依法國家可以審查人的思想來判刑，更不要說是去占領中正紀念堂和自由廣場的抗議行爲。許多人依據當時社會的氛圍判斷，認爲野百合的和平落幕是必然的結果。從後見之明看來，似乎沒錯，但我卻認爲這不過是歷史的偶然。

過去，我曾經參與一個跟電子化政府資訊平台資安相關的會議，席間突然談到愛沙尼亞的資訊安全和數位化政府。愛沙尼亞的民主，跟台灣有截然不同的命運。許多人不明白，有很多東西是用血去換取的。台灣這個沒有《憲法》、不被承認的國家，整個政府的組織、架構亂七八糟，到底要如何弄好資訊安全？資訊安全最根本的基礎就是信任，要有明確的政策、法律，要能清楚地區分敵我。沒有清除內部的敵人，往往會造成重大的困擾。

有革命不一定有進步，有進步不一定非有革命。但沒有革命的進步，步伐一定較爲緩慢。對於社會和國家的進步速度或幅度覺得不耐煩，充滿抱怨和無力感，說眞的也算是一種幸福。歷史不能重來，如果當年學生運動發生不同的結果，不知道國家是會更進步，還是更退步？有一個參與太陽花運動的女生問我：「如果當年參加百合花的你們，全都犧牲了，現在是不是會變得像愛沙尼亞那樣進步？」我搖搖頭，但這不表示否定，而是我眞的不知道！

2 chapter 第二章

在人文與科技之間安身立命

「藝術」是打敗人工智慧的唯一方法

「人工智慧」的英文是 Artificial Intelligence（AI），德文是 Künstliche Intelligenz。人工智慧，實在不是一個好的翻譯，沒有把最重要的那個字「Art」或是「Kunst」翻譯出來，這個字除了「人工」以外，另外的意思就是「藝術」，機器能夠達到創造藝術的境界，才是「人工智慧」的重點，「人工」這兩字實在不是多高明的境界。

其實，大家很早就在談論人工智慧了，在資訊科技領域的研究上，可能已有幾十年以上的歷史。它是很炫的科技，雖然曾有一段不是那麼輝煌的過去，還曾經被列為十大失敗科技發展的其中一項，可是最近完全改觀了。在智慧型語音應用、汽車自動駕駛系統、AlphaGo 圍棋大師及許多領域的機器人出現之後，人工智慧已經成為最熱門的科技焦點，甚至被選為「使人類滅絕」的第一名。人工智慧演算法的發展，並非石破天驚之事。這個科技是因為運算、儲存和網路的快速進步，得以擁有很龐大、便宜的運算和儲存能力。加上建置了高速的網路和大數據的資料庫，有這個時代的一些背景因素，才得以蓬勃發展。

人工智慧的核心，就是演算法，到底什麼是演算法？具體來說，就是有一個方法或規則，可以逐步推演而得到答案。用簡單的概念來說，做牛肉麵的食譜是演算法，只要按照步驟，一步步從頭執行完成，我們就可以做出牛肉麵。在製造牛肉麵的過程中，如果可以稍微調整，就能製造出不同的口味，像原味、辣味、番茄牛肉麵等等。若製造牛肉麵的目標不變，運用人工智慧，就可以產生各種不同的變化。但是，這些不同口味的做法，會因此讓人類變成機器人的奴隸嗎？這個問題沒有答案。然而，如果我們處於極度飢餓、瀕臨死亡的狀態中，沒有吃這些由機器人製造出的牛肉麵會餓死，那麼答案就是肯定的，不然就是否定。人類未來的存活關鍵，在於是否可以掌握數位時代的主控權。

數學在歷史上，有兩大分支：幾何和代數。幾何以柏拉圖、歐基里德等人爲代表性人物；而代數則由帕斯卡、萊布尼茲等人爲代表等。代數其實就是演算法，例如微積分。幾何證明可以作爲演算法思考運行的操作細節，例如畢達哥拉斯定理可以用來計算正三角形的斜邊。演算法的操作細節，在運行上是一個接著一個，逐步地找到問題的答案。例如柏拉圖曾經記載一個奴隸米諾（Minor）的故事，這個奴隸並不知道什麼是幾何，但是藉由和蘇格拉底的逐步討論，他能夠理解什麼是正方形和它的面積。這是一個人工智慧演算法的明顯例子，在沒有任何相關的證明、知識背景之下，利用一步一步地推衍，可以自己找到答案。人工智慧演算法根源於代數，如果人類沒有被代數所征服，假若我們能夠掌握關鍵的重點，世界也就不會被人工智慧的機器人所控制。

身爲一般的家長，其實無力阻止人工智慧發展的趨勢。既有的知識對人類而言，將變成毫無用處的知識。人工智慧和機器人，將會消滅大部分白領階級的工作。我曾經聽過一位人工智慧新創公司的執行長跟我說，他們公司有一個產品是在處理銀行洗錢的防治工作。因爲要遵守金融相關法律的規定，各大銀行都有很多員工在處理洗錢的工作，有些大銀行甚至由幾千人來負責，但他們的產品已經取代了這些人大部分的功能。有很多類似這樣的工作，已經被人工智慧取代而消滅了。家長鼓勵自己的小孩好好念書，如果只是填鴨式地堆砌知識，將來可能無法像過去一樣，可以順利保證讓小孩得到傳統白領階級的工作。醫生、律師、教師、會計師等等，都是岌岌可危的職業。

那麼家長對於小孩的教育，應該有什麼樣的認知和調整呢？首先，要瞭解時代的趨勢，放棄填鴨教育和強調不斷透過重複練習取得好成績的傳統想法，要保持小孩的「好奇心」和「創造力」。最重要的課程，將不再是那些堆砌的知識，而是人工智慧原意的「藝術」，屬於機器人最弱的一環，這將是人類想要和機器人競爭、不被其取而代之的唯一方法。

在未來的世界裡，小朋友將會比我們更加辛苦。因爲生存在以前的時代，創意、創新和創業是爲了要成功，或是創造財富的工具，但是在將來的世界裡，這些將成爲一個人生存的必備條件，是維持人類尊嚴的唯一選擇。

以前高科技產業的朋友講了一個故事，這個朋友認識蘋果電腦創辦人賈伯斯的富豪鄰居。賈的鄰居告訴他，當蘋果電腦第一代 iPhone 出來的時候，賈在家裡開了一個慶祝派對。他拿著當時生產的 iPhone 跟大家說：「這是我想做的東西，而且我已經通通把它做完了！將來的 iPhone 可能功能更強、更薄、更省錢或更便宜，但是它就是這樣，我已經把它做完了！」只有這些以前沒有的知識，才是眞正能夠和智慧型機器人競爭的東西，這也是機器人的大數據資料庫裡所沒有的東西。未來的世界，如果你沒有賈伯斯那樣的創意，世界可能就再也不需要你了。

世界上不可能有絕對的資訊安全

我從事的研究領域是資訊安全，這是相當複雜、以往所沒有的學問。之所以會產生這門學問的主因是，資訊科技發達之後，人類所有的事情，幾乎全被搬到網路上來做。資訊安全就變得格外重要，甚至連蔡英文總統都強調，資安就是國安。

資訊安全包括政策、管理和技術，是一門跨領域的綜合科學。我曾經擔任行政院資安稽核工作的委員，一個機關的資安稽核包括政策面、管理面和技術面。資安政策是指制定一個組織的資安行動方針，最重視需要防衛的資產，以及定義內部與外部的敵人。資安不光只是技術問題，如果你認爲技術就足以解決資訊安全的問題，那麼你既不懂技術，也不明白問題。只要技術可以解決的問題，理論上都不會是太困難的問題。資訊安全和科技、機器，以及人的行爲有關，盤根錯節。

另外，世界上不存在所謂絕對安全、無懈可擊的系統或軟體。資通訊技術（資訊科技及通訊技術的合稱，簡稱爲ＩＣＴ）產品的複雜程度，沒辦法讓我們在使用之前，甚至在使用的過程中，就能先以高規格的資安加以檢測。因爲系統太過複雜，檢驗時程曠日費時，產品更替速度太快，甚至檢測成本高過開發產品所需，這是科技界資通訊安全產品檢測標準（共通準則，Common Criteria）失敗的原因。我們根本無法在資通訊設備上市之前，就可以確認其是否爲資訊安全可靠的產品。基本上，資通訊產品在它的生命週期，從設計、生產、運送、使用，一直到銷毀的過程，都可能產生資訊安全的問題。但即使現況如此，也並不表示我們對資訊安全就束手無策，沒有任何的方法論。

資安重視的就是CIA（Confidentiality, Integrity and Availability的簡稱），即機密性、完整性和可用性。機密性是指資通訊的內容不會洩漏讓非授權的用戶知道；完整性是指內容不會被篡改；可用性則是指內容可讓被授權的用戶隨時隨地、正常地使用。資訊安全強調的管理方式是PDCA（Plan-Do-Check-Act的簡稱），所謂的PDCA是指「計畫—執行—檢核—行動」的過程，也就是說，它是一個動態的管理，先要做風險評估，依照優先順序排列可能發生的危險，然後投注資源來修正高風險產生的威脅。簡單地說，資訊安全就是風險評估、資源配置，管理與技術並重。

如果不能評估風險高低，想要全面防衛所有可能的風險，就必須有無限的資源。否則，常常會因小失大，疏漏高風險的因素。世界上本來就不存在絕對的安全，當然也不會有絕對的資訊安全，風險評估之後，投注資源由最高風險往下做，這樣才是解決資訊安全問題的務實辦法。

我將自己歸類為「哲學型資安人」。研究資安的人通常不太熟悉哲學，研究哲學的人大多不太瞭解資安，所以我取巧地在資安的場子講哲學，在哲學的場子講資安，這樣最不容易產生問題，這就是所謂的哲學型資安人。

只要一個人活著，就會產生哲學問題；兩個人以上活著，就會出現政治問題。因為討論政治敵人的資安問題，發言的資安技術研究專家、學者，或多或少都會受到攻擊。尤其立論愈具體，所受到的攻擊就愈多，這是難以避免的。有些學者不太適應，但是我因為常常遭受攻擊，已經習以為常。

身為哲學型的資安人，到底要討論什麼重要的哲學議題呢？當然第一個要討論的問題是：「人是不是已經變成自己所創造物品的工具？」手機這麼有趣，如間諜的生活般變化多端。拿破崙曾說過：一個在適當地點的間諜，可以相當於在前線作戰的兩萬名士兵。如果把這句話裡的「間諜」換成「手機」，其實也非常適用。現代人已經淪爲手機的奴隸了。

但是我曾經看過一項調查：有七成以上的德國中學生，還是比較喜歡讀印製出來的紙本書。我在德國和日本旅行時，往往在火車上還可以看到有人在讀實體書，但在其他國家比較少看到這樣的情形。無論如何，實體的東西將會逐漸從人類的主流生活中，一項一項地消失，這是無可避免的事情。其實，在電腦和網路發明以後，人類的工作並沒有減少。手機發明之後，人類的工作反而愈來愈多。

我在柏林工大念博士時，同時也在歌德學院學德文。當時我在德文課堂上，曾經發言反對人類科技文明的發展。同學都嘲笑我說：「理工科博士生怎麼反對人類文明的科技發展？」如果我的自我認同中，沒有與理工相衝突的哲學思想的話，身處在這樣矛盾的處境，恐怕也沒有辦法存活到現在。我想當年就已經種下了自己成爲哲學型資安人的種子了。

人類文明在科學進步神速的今天，尤其在資訊科技的高度發展之下，不管是網路通訊、大數據或人工智慧，就我看起來，就是一輛將全人類帶向毀滅的失速列車。一個人不可能抵抗這個世界的趨勢和潮流，相關議題當然可以討論，但個人能做的改變卻是相當少。政治是大家都需要知道的事情，哲學是大家都要必備的能力，否則，在這個混亂的世界裡，將不知道爲何而活，也不知道如何活下去。

資安與人有關，所以複雜、有前途

有些朋友因爲知道我的研究領域是資訊安全，所以會來問我一些資安問題。例如，傳來截圖的畫面，問我發生這樣的情況，是不是中毒？這是屬於技術性的資安問題。若是問我公司這樣的規定，合不合理？有沒有用？這算是管理層面的資安問題。假若問的是，某某公司一直跟中國有很多良好的關係，這樣會不會危害國家安全？應不應該排除這間公司參與政府系統建置的標案？這則是屬於政策面向的資安問題。

思考資安的問題，基本上有三個面向：政策面、管理面和技術面。任何問題只要跟人有關，都是複雜難解的問題。罷工如此，資安更是這樣。哲學型的資安人無法提供這三個面向所有問題的詳細解答，這一點常常讓很多朋友失望。因此，我曾經試圖跟朋友解釋資訊安全到底是什麼，希望他們可以不要對我那麼失望。

基本上，資訊安全的操作型定義就是風險評估、資源配置、管理與技術並重。

安全就是配置和選擇，投資在安全的預算，以及爲了維護安全所帶來的不方便與效能下降，都是因爲安全所必須付出的代價。資訊安全也是同樣的道理。

資訊安全核心的哲學問題，是倫理和信任。許多資訊安全技術的課程，教導駭客攻擊和防禦。上課第一章的內容，常常是駭客倫理，倫理到底是什麼意思？倫理就是道德哲學。一講到這裡，很多理工科背景的人，就覺得頭很大。道德不就是硬生生的教條嗎？或是在理性思考之下，對善惡的判斷標準？

學了一堆駭客攻擊的技術，想拿來實際運用，本來就是人之常情。希望可以遠端控制很多人的機器、偷窺很多人的行爲，這不就是每個人潛意識中最底層的願望嗎？不然爲什麼八卦、腥羶媒體和假訊息新聞能夠到處流傳？更何況發動一次小規模的駭客攻擊，跟用槍殺死一個人，或發射一顆飛彈所造成的傷害相較，根本是微不足道的。況且，高明的駭客發動攻擊之後，可以抹去所有的痕跡，事情就像沒有發生過一樣，對實體世界到底眞的會造成任何的傷害嗎？

在民主選舉當中，我們無法判斷一個公民投票給某候選人的眞正原因或理由爲何，但是假訊息的作用在於它能夠觸發某些人的開關，無論眞或假，很容易就可以操控部分選民的投票傾向。那麼這些東西跟倫理規範有沒有關係？倫理是一件非常有趣的事情。在大學裡面教書，可以看到有些學生的祖父母過世好幾次，尤其在考試、交報告期限的時候，學校壓力常常會引發大規模祖父母的死亡。說個小謊是道德的瑕疵嗎？攻擊別人的機器，偷窺別人的隱私，不也類似倫理的問題？

處理倫理或道德的問題，是會面臨很多現實考量的，因爲每一個人對於生死的看法、價値的選擇都不同，還有自己是否曾經受壓迫或創傷經驗也會有所影響。相較之下，遇到一個技術性科學的問題，往往令人感到昏昏欲睡；但是當面對倫理問題時，則常常是矛盾、紊亂或互相衝突。倫理跟個人的信仰有關，而個人的信仰，主要來自成長背景、家庭教育和學校教育，尤其深受父母的影響。人沒有自己想像的那麼理性，倫理的基礎也因此不會被那麼理性地看待。

倫理最簡單的定義，是「有權做什麼」和「應該做什麼」之間的差別。從這個道理所延伸出來的駭客倫理，最簡單的定義，就是「有能力做什麼」和「應該做什麼」之間的差異。學到這麼多駭客攻擊的技術，卻不可以應用在實際的生活上。有些老師會告訴你，這是法律問題，可是我認爲這樣的說法不太好，這應該屬於道德層面的問題。因爲法律上很難捉到小規模的駭客攻擊，所以這類課程才叫做駭客倫理，而非資安法律。全世界都重視資訊安全的問題，因爲資訊安全是技術和人的生活結合後所產生的學問。只要跟人有關的，都是複雜的問題；而跟人有關的，也都是哲學的問題。所以，這種問題永遠沒有解決的一天。因爲資安與人有關，複雜而難解，所以是很有前途的一門科學。

傳統與數位獨裁的差異

在今日網路發達的世界裡，人們可以享受許多資訊科技所帶來的便利與效率。中華電信5G正式開台，提供的頻寬可達一．五Gbps。這種歷史上難以想像的快速通訊網路，民眾能得到的資訊與服務，實在相當驚人。雖然身爲電機系的教授，我對於科技的進步往往不感到雀躍，甚至還有些擔心、害怕。就像先前曾受邀到交大資工系去演講，題目是「數位反烏托邦」。我認爲不管科學或科技如何進步，永遠無法消滅掉哲學，而且哲學爲人生帶來的問題，可能更加複雜、可怕。

香港《國安法》已經正式實施，一國兩制走向終點。日本媒體報導，許多香港人民因此急著把自己的數位足跡抹除。其實如果看過澳洲智庫「澳洲戰略政策研究所」（ASPI）關於中國高科技公司與數位獨裁的報告，就會知道這樣的做法，其實沒有太大的用處。香港人應該用了很多中國高科技公司所提供的服務，所以已散播出去的數位資訊，大部分早就被蒐集到資料庫裡了。

這種心情我能夠瞭解，就是想要在自由和人權消失之前，刪掉自己的網路足跡，嘗試保護自己和家人、朋友。但是，獨裁政府要逮捕你，根本不用蒐集什麼證據。需要任何證據，立刻製造就有了。我臉書的朋友說，原本身處在有自由、法治、人權的地方，卻突然變成了獨裁國家的一部分，這種感覺就像陷入了人間的地獄。

歷史上有很多獨裁國家，以東德爲例，它的國家安全部門「史塔西」（Stasi）以監視個人和控制訊息流的能力聞名。在德國統一前，它擁有將近十萬名的正式員工，而且在一個人口大約一千六百萬的國家中，有五十萬至兩百萬名的線民。這個獨裁國家，運用龐大的人力資源滲透整個社會，成千上萬的特工努力竊聽電話，滲入地下政治運動，並報告個人和家庭關係，甚至在郵局偷偷檢查包裹和郵件，任何可能的訊息都不容放過。

傳統獨裁的國家，需要運用龐大的人力監控社會，但人是不可靠的。因爲有時候人的想法會變得不一樣，甚至有時候會突然出現良知。所以，依賴自然人去監控或執行殘酷的任務時，偶爾還是會發生一些突發的情況。至於數位獨裁的國家，需要的主要是機器人工智慧、大數據分析等等。當他們所有數位獨裁的基礎建設，都建構完成——數位身分、信用分數、數位支付、無所不在的監控攝影機，還有一些執行高效率演算法的超級電腦，以及所謂的智慧機器人——只要幾個人，甚至只要獨裁者一人，就可以進行傳統獨裁國家所需要的人力才能做的事情。數位獨裁國家的科技愈進步，全面監控和鎮壓的能力就愈強。

此外，數位獨裁運用的工具，絕對比傳統獨裁更加可靠。這些機器和演算法，不像人一樣有良知；叫它做什麼，它就一定去做。要避免香港的情況發生，不發言或刪除發言，其實毫無用處。那麼到底該怎麼辦呢？唯一能做的事情，就是要避免自己的國家成爲獨裁國家，除此之外沒有過去留下的別的方法。現代化獨裁國家的發展，部分要歸功於努力研究促進人類高科技發展的科學家和工程師。因爲這些人的努力，獨裁者可以完美地去執行任何殘酷的任務，完全不會受到理性、感性或良知的困擾。我想就人類歷史的發展而言，生活在數位獨裁國家的人民，絕對比身在傳統獨裁國家的人民，更加悲哀、可怕。眞是光憑想像，就令人膽跳心驚！

資訊革命會讓年輕人更適合從事政治？

雖然我不是政治人物，也沒有任何從事政治相關工作的經驗，但是在太陽花運動之後，被許多年輕人問到一個問題：「資訊革命會讓年輕人更適合從事政治嗎？」他們其實也就是提問：「政治可以當成我的職業生涯嗎？」有許多參與太陽花運動的年輕人，原本念電機、資訊、都計、工科、機械、醫學——這些是傳統上離政治比較遠的科系，但因爲經過學運的洗禮，他們對於公眾事務產生很大的興趣。他們充滿無比的熱情和活力，想要改變社會和國家，於是想要轉換跑道，放棄自己原來的事業，轉而從事政治的工作。

類似的事情，以前也時有所聞。大學之愛、野百合運動前後的風起雲湧，也有好幾個台大工科的學生，轉換跑道，改從事政治。其中，最具指標性的人物就是桃園市長鄭文燦。政治當然可以當成是自己的生涯規畫，從政獲利百倍，可能也是眞的。政治是要解決眾人之事，而手握的權力被聚焦的程度，也是其他行業所無法比擬的。人人都希望自己能夠做些什麼事情，能夠發揮自己的影響力。

但是，政治是一個大聯盟，很多人努力，最後能夠上場打擊的選手少之又少。不具備任何背景的年輕人，如果沒有搭上新興政黨這班車，進到政治圈去，大概不太可能直接做什麼大事情，可能只能從事政策幕僚和政治競選宣傳的工作。如果你是立委的助理，每天研究很多東西，而你的老闆每天忙著跑行程和紅白帖，做選民服務，那麼不用說討論什麼政策理念，只要你寫的稿子，他在質詢時能念正確，就很不錯了。這就是台灣的政治生態，有怎樣的選民，就會有怎樣的政治人物。在台灣政壇，沒有人會重視專業知識，一切都只是鬥爭的工具。任何事情，能生存才是王道。

如果選擇開家政治公關公司，努力替理念相近的政治人物宣傳，這個選項又如何呢？不管你基於什麼念頭而出來開公司，公司的主要目的仍是賺錢。有了錢，才能談理念；而有錢的大公司，都沒有理念。年輕人草創的政治公關公司，想要以理念爲優先，這會不會太理想化？

在台灣從事政治工作，尤其當成是職業生涯的話，一般父母都不是很贊成，尤其是女生，因爲白色恐怖、選民素養。但並不是這樣，政治就不能夠當成職業，只是自己要想清楚。民進黨的野百合世代，現在也都是知天命之年了。年輕時，鎂光燈會照在自己或周邊的人物身上一下，都是報紙報導的公眾人物，可能會覺得熱鬧、與眾不同、熱情而興奮。但是，政治其實是一條孤單、寂寞的路，尤其改變很緩慢，幾十年可能都只在原地打轉，等風來的時候，船才會動一下。

我看過臉書創辦人祖克柏書單上的《微權力》。這本書談到在當今的資訊科技時代，因爲知識的流通和通訊傳播的方便，成功和成名比以前的時代快速，但是跌下來的時候，也比以前更加快速，所以千萬不要把這些名聲看得太重要。因爲跟過去相比，成名的價值沒有那麼高。年輕人念完大學，甚至碩士，把自己原來的專業領域拋棄，直接撲向政治的生涯中，好不好我不知道。若你大概二、三十歲，請試著問問十五歲時和四十五歲時的自己怎麼想。人生就是冒險，自己選擇、自己承擔後果或享受成果，因爲這是你自己的人生。

資訊爆炸，你更需要專注力

在訊息爆炸的世界，專注力非常重要。想想看，生活在5G的時代，光是每秒傳送到自己手機的資訊量，就何其龐大。例如，一部高畫質的電影，不用幾秒，就可以傳遞到自己的手中，光憑想像就覺得非常可怕。

我自己的手機裡，已經下載了很多部影片，看都看不完。不久的未來，科技的進展即將是隨時隨地，各式各樣、主題不同的資料庫，完全和個人相互連結。世界上的所有資訊，都可以快速存取、使用。

雖然三秒可以下載一部電影，但人卻無法在三秒內看完一部電影。有些人去看所謂的二創濃縮電影，就是三分鐘看完一部兩小時的電影。濃縮電影就是取樣，取樣、重建的過程會丟掉許多內容。更何況電影是藝術，其中有很多要表達的思想，隱含在字裡行間和不同的畫面切換之間，或者可以說沉默往往蘊含更多的訊息。

更多的資訊，也將帶來更多的壓力。人無法快速消化，甚至會失去專注力。一般成人的專注力只有九十分鐘，這也是電影長度大致設計在這個範圍左右的原因。超過九十分鐘以後，人往往會開始無法集中精神而分心。失去專注力大概有三種原因：分心、沮喪、過載。第一是受工作環境的干擾，例如時間、地點不對，可能都會讓人無法全神灌注。其次是，正在進行的工作遭受挫折，沒有正面的回饋，沮喪感會讓人陷入情緒困擾，而失去專注力。第三個原因是過載，面對工作的壓力過大，短時間卻要處理太多的事情，因承受太多反而一事無成，沒有任何的進展。

專注力是可以訓練的，每次集中在一件事情上，而不要多工（time-sharing）。如果眞的有許多件事情需要處理，把多工的時間單位拉長，變成輪詢（round robin）。雖然很多人跟我講，他們能同時一次做很多事情。譬如，筆記型電腦上面開了十幾個視窗，手機和平板電腦上面也有許多 App，卻全都可以把該做的事情做好。甚至有許多人認為這是一種必備的工作能力。

我也曾經嘗試這樣的工作方式，但是發現自己的專注力，會停留在品質不好的狀態；工作的效率，只能用「應付」兩個字來呈現。愈困難的問題，就愈需要集中的專注力，這是我自己的親身體驗。或許眞的有人有辦法做到多工，他們可能有超級多工的人腦，同時可以處理複雜的後量子密碼演算法，一邊回答學生的電子郵件，然後和小孩用 FaceTime 討論功課，臉書開著，網飛也在動，然後又在思考「人爲什麼要活著？」我從小就覺得自己並不聰明，一次只能做一件事情，因此無法做到這樣的多工。

想想現在一般學校的教育，不讓學生使用智慧型手機，大學入學考試也不能上網 Google。這種教育方式，在資訊革命之後，備受質疑，爲何學校的教育要遠離一般人正常的生活方式呢？我在德國念書時的房東，計算任何加減乘除，都一定要用計算機。常常我都要等上幾分鐘，讓她用計算機來確定支付的費用。不能使用計算機或智慧型手機的教育方式，或許在記憶背誦或解決問題方面，似乎跟現實的世界脫離。但凡存在必定合理，這可是現代人類逃避大量資訊網路魔掌的少數空間。如果在像目前的這樣情況之下，還無法訓練出不受干擾的專注力，等到沒有人禁止我們使用智慧型手機之後，到底什麼東西會塡滿我們的人生？

不管念醫或電機，都必修哲學

有一個連續假日，我帶小朋友到台北去玩，回家的路上接到一通電話。一位從大學交往至今的好朋友打來詢問，他家讀高中的小孩，今年的學測滿級分，卻想要念電機系，不想念醫學系，問我可不可以撥空和他小孩談一談？

爲此，我回頭在台北多逗留了一個多小時，和這個高中孩子談了一下。我問他：「爲什麼不念醫學系？」他說：「怕血，看到那種場面會害怕。」眞是再熟悉不過的典型答案。很多念台大電機系的人，似乎都有同樣的說法。

他問我對於念電機系與念醫學系的看法。因爲我本身是過來人，周遭也有許多同學曾有相同的疑問，所以早就已經累積了一點心得。事實上，我覺得像他這樣優秀的孩子，很多都存在一種對體制反抗的矛盾。一方面遵循這個體制的要求，希望自己能得到體制完全的肯定；但另外一方面，又不願意全盤認同這個體制的價值，不想就這樣去念醫學系。

一般而言，我電機系的同學和朋友或電機系的教授，他們家裡成績好的孩子，最後大多數人還是會選擇去念醫學系。不管在德國或世界其他的國家，成績好念醫學系一直是種自然而然的決定。醫生收入高，社會地位尊崇。只要有人在的場合，醫師就是有用的專業，這是其他行業所比不上的優點。

讀電機系，尤其是念台大電機系，要知道一個殘酷的事實：電機這個行業是沒有門檻的。因此，從這個系畢業、拿到學位，對於生活並沒有絕對的保障。所有的電機系畢業生，在職場的競爭力，其實相差不大。但較為優秀的畢業生，在不需要那麼高人力水準的公司或產業工作，不見得較有競爭的優勢。舉例說明，只需要六十分水準的工作，適合的是六十分水準程度的工程師，八十分已經算很好。而程度愈好，要求的薪水愈高，職場的競爭力反而下降。

因此，優秀電機系畢業生的職涯發展，跟景氣與產業有密切的關係。雖然我沒有正式的統計資料，但根據菜市場調查，通常台大電機系畢業生的平均薪水，遠低於那些高中時代與他成績相近的醫生同學。尤其是電機業研發工程師，到了中年以後，很少能夠繼續做同樣的工作，大多數人都要往銷售或管理的部門發展。

談到收入方面，如果以中產階級來看，電機系的收入的確可能低於醫學系。不過，念電機有成爲富豪的機會，而醫學系則幾乎沒有。電機系畢業生相對有較多創業的機會。所以如果把台大電機系畢業的林百里、蔡明介等富豪的身價，也算進來考慮的話，台大電機系系友的平均身價，應該遠高於台大醫學系系友。只是電機系友的身價期望值高，但標準差相對也更高。

我的答案並不表示，念醫學系就一定比較好。念醫學系最大的考驗其實在於，在很早的生涯階段，就拿到一張人生得以安穩的門票。因爲要永遠維持高中時代全校第一名的競爭心態，以及爲人生不斷拚搏的鬥志，實在不是簡單的事情。所以，念醫學系想要出來創業的人，相對並不多。他們很可能在很年輕時，就有生命虛無的感覺。

另外，醫生的工作環境不算好，通常工時很長。尤其是在目前疫情蔓延的情況下，醫院更是充滿著感染的危險。更何況在工作上，天天與你爲伍的人，通常就是面對疾病、衰老和死亡而愁眉苦臉的病患了。一個平凡的血肉之軀，卻常常要武裝自己、變得很堅強，並且要扮演像神一樣的角色，甚至還要掌握判生判死的權力，難道不會強人所難嗎？

這個孩子又問那麼興趣的考量呢？我一向覺得這個年紀的小孩，在台灣升學至上的教育風氣下，談興趣是一件很鬼扯的事情。以電機系來講，更顯得有點荒謬。電機系的領域非常廣泛，所以我們電機人會說數學、物理、化學、資訊都是我們的領域。這些學生非常認眞讀書、努力學習教科書上的知識，成績表現相當突出，卻不想跟著其他成績一樣優異的同學，同樣選擇去念醫學系，就自以爲自己喜歡電機系。

在升學主義至上的教育環境中，一個才十幾歲的孩子，有可能眞正知道自己的興趣，可以決定自己將奉獻一生其中的專業嗎？一萬個人裡面，到底有沒有一個？說是對醫學、物理、化學或數學感興趣的話，還算有道理，而不該是電機系。總不能說我喜歡滑手機平板、愛打電動，所以我的興趣是念電機。

這個孩子問我選擇電機，會不會後悔？我曾經有一次眞正覺得後悔，那是發生在大二、大三的時候，但之後就沒有了。其實後悔也沒有用，人生的選擇，就像德國哲學家尼采所說的，「接受」就是了。

他又問我，高深的電機領域研究，目前發展的情況如何？我覺得人活在這個世界上，除了死亡以外，沒有任何的大事情。一般而言，做醫學的研究，當然比做電機的研究，對人類更有貢獻。電機是應用的科學，並不是物理、化學、數學這類基礎科學。我認為眞正有用的研究，不是與人競爭，而是與天競爭。這一種挑戰，絕不只是像達成學測滿級分般，只要付出很多的努力即可；除此之外，運氣往往也扮演極重要的角色。

看來他似乎遇到一個對念電機系不是很滿意的人，我建議他再去找一個對念醫學系不滿意的醫生，而且可以告訴他心裡話的人，聽聽看那個人怎麼講！

最後，我請他特別注意念大學的時候，一定要多修哲學的課程，例如學習知識論、倫理學、美學等等，深思人格、死亡和時間的各種觀點，以及生命的意義。這是讓你不管選電機系或醫學系，可以安身立命，不會後悔的學問。

有選擇並不是痛苦，何況這種選擇，其實是相當幸運的人才有機會面臨到的，也就是說，能在兩種幸福當中，選擇其中一種！

3 chapter 第三章

打破自我的練習

千金難買少年貧

那一天，妻子問我：「如果你能選擇，再一次重新開始人生，那麼你希望自己出生在原來的貧窮家庭，還是中產階級或富裕家庭呢？」我不假思索就直接回答：「當然是原來的家庭。這樣的人生，可以看到的頻譜比較廣，能體會許多不同社會階層的經驗。」甚至，我還常常認爲說，能夠出生在貧困的家庭，其實就是老天給我的一份祝福，所謂千金難買少年貧。

前陣子，妻子和我一起讀完著名的全球暢銷小說，艾琳娜·斐蘭德的《那不勒斯故事四部曲》。她告訴我，書中有很多故事情節與女主角的觀點，和我的人生很雷同。這本書完整地描寫了兩個中下階層出身的女性，貫穿童年、青少年、中年，直到老年的生命成長故事。其中，有一段是有關女主角艾琳娜，和她中學老師的女兒娜笛亞的對話：

艾琳娜：「年輕的時候，我很希望自己像妳一樣。」娜笛亞：「爲什麼？妳以爲身在一個什麼東西都幫妳準備好的家庭裡很好？」艾琳娜：「這個嘛？至少妳不必費力工作。」娜笛亞：「妳錯了，事實是——一切好像都準備好了，所以妳沒有理由再做什麼。妳感覺到的，就只有罪惡感，爲妳自己、爲妳所配不上的一切而覺得羞愧。」

表面上看起來，出生在比較富有的家庭，人生會較爲美滿、幸福。但是，物質層面的滿足，常常會帶來迷惘。尤其是當自己的生活周遭，都充滿著從天而降、各式各樣的東西時，更會失去生存和奮鬥的動力。

在柏林留學專注於做研究的那幾年，我幾乎每兩週就會和德國的朋友漢斯馬丁（Hans-Martin）和諾艾米（Noêmi）這對夫妻出去玩。我這一段生活所接觸到的德國人，眞的不是一般留學生所能想像的。這不是在大學校園中的課堂或實驗室裡，也並非在研究所或歌德學院中接觸到的同學，而是活生生存在於一般社會中的眞實德國人。

記得有一年的聖誕節前夕，我受邀到漢斯馬丁夫妻家去吃飯——其實也不是在他們家，而是他們隔壁的鄰居、某個教授的家裡——享用了平安夜的聖誕晚餐。這些一起吃火雞大餐、圍爐暢談的鄰居，來自於各行各業。有的是攝影師、木工，還有在德國連鎖超市阿迪（Aldi）的售貨員等等。

那一天，我們除了閒話家常一些生活話題外，這些假掰的德國人，竟然有頗長的一段時間，在談論美術、音樂、展覽和電影。吃了這頓大餐後，我才明白，柏林大大小小超過一百多間的博物館、歌劇院和音樂廳，到底如何維持和營運。

隔沒幾天，我又跟漢斯馬丁夫妻一道去夏洛騰堡（德語：Charlottenburg），欣賞畢卡索的畫展。一個不會讀書、職業學校學徒出身的德國朋友，對於畢卡索的畫作，竟然能駐足、端詳許久，並將自己的看法講得頭頭是道。在富裕已久的國家中，社會的主流價值不光只是求溫飽而已。在這樣的情況下，所謂的藝術才能夠深入普羅大眾的生活。

人生，當然無法重新再來一次。但是如果可以的話，我寧願還是出生於原來的貧窮家庭。在這樣的原生家庭裡，求生存是最簡單的人生目標。根據馬斯洛的需求層次理論，人類的需求階層由低到高，依序可區分爲生理、安全、社會、尊重和自我實現五大需求。當生活有一定的物質條件，滿足基本的生理和安全需求之後，將能再追求更高層次的社會和尊重需求，然後才會做些更加提升自我的事情，追求最高境界的自我實現需求。

對於一個生於富貴之家，含著金湯匙出生的小孩而言，人生從一開始就無須煩惱求生存，物質生活有保障且不虞匱乏，有親情、人際、社團的隸屬關係，等於生理、安全和社會三項需求一次到位，那麼他們將直接跳到受尊重和自我實現的追求了。這樣的人生，挑戰度絕對比貧窮出身的人更大。如果沒有高昂的鬥志、披荊斬棘的決心、超人的毅力和智能，怎能開創出屬於自己的人生？

因此，人一旦不再有生存的問題之後，特別是生長在富裕的家庭，如果想要再超越、突破，過有意義的人生，其實是充滿更大的壓力。在我求學期間，遇到的同學和朋友之中，有些就是在非常富裕的家庭中出生長大的，卻因此迷失了人生的方向，甚至失去了求生存的鬥志，眞的非常令人感到惋惜。

齊克果說：「要成爲自我，必須先打破自我。」要找到眞實的自我，就必須先質疑出生時就存在的一切。必須先失去其中一部分的東西，然後在痛苦之中，才能夠瞭解什麼眞正屬於自己，什麼自始自終就不屬於自己。在種種決裂和考驗當中，才能看清眞正的自己。也就是說，想要追求有意義的人生，無論出生於任何經濟狀況的家庭——貧窮、小康或富裕，都必須要面對同樣的過程。

如果我們的一切，全部都歸功於父母所賜，那麼我們活著的時候，到底做了什麼？又成就了什麼？如果換成任何其他的一個人，結果也會一樣的話，那麼個人獨特的存在價值，到底又在哪裡？

你願意爲何而死？

首爾市長朴元淳自殺身亡，台北市長柯文哲說：「他還是以醫生立場，不管遇到什麼困難，不要自殺，拜託，以前當醫生救一個人多困難，怎麼會自己把自己幹掉？」這個台北市長總是不由自主地搬出自己的醫生身分。

哲學的雜誌或粉絲專頁上，常常會出現這類漫畫，就是有人倒在地上，旁邊有另一個人大聲喊：「這裡有 Doctor 嗎？」

然後出現一個 Doctor of Philosophy（哲學博士）問說，發生什麼事？

「我是個 Doctor！」

「這個人快要死了！」

「那他是否眞正活過呢？」

哲學的 Doctor，當然沒有辦法處理垂死病人的問題；但也不是所有的問題，醫生都可以解決。醫生可以開藥、開刀、正確地診斷治療，甚至移植器官來延長人的壽命；但是醫生無法解決「是否眞的活過」或「人終究會死」這類的哲學問題。

我有許多醫生朋友，都具有深厚的人文素養和哲學思想。他們除了能夠解決病人身體的病痛以外，對生命也能深刻思考。對於存在或死亡的問題，有相當多自己獨到的看法，他們的人生並不只是停留在醫生的功能性角色。

如果一個人完全否定生命的意義，以至於他再也看不到繼續生活的任何理由，那麼自殺就可以成爲唯一有意義的行動。卡繆說：「眞正嚴肅的哲學議題只有一個：那就是自殺。判斷生命值不值得活，就等於回答了哲學最基礎的問題。」

卡繆當然沒有鼓勵我們自殺，他說：「除了沒用的肉體自殺和精神逃避，第三種自殺的態度是堅持奮鬥、對抗人生的荒謬。」他的意思是說，一旦一個人發覺自己除了苟活在這個世界上以外，還有自殺的選項，但仍然選擇不要自殺的話，那麼這個人就開始創造生命的意識，接受存在所賦予的責任。

雖然一樣是博士，哲學博士和醫學博士所要面對的問題是不同的。醫學博士當然有豐富的醫學知識，也能夠拯救許多人，但如果是身爲一個政治人物，不應該只停留在提供醫療服務的角色，具有哲學思辨的能力是相當重要的。對於首爾市長自殺身亡這件事情，記者問的其實不是醫學問題，如果只能用醫學的角度來回答問題，可能就像哲學博士無法拯救垂死病人一樣的荒謬。

一個人願意為何而死？每個人都有自己的答案。根據某雜誌的調查結果指出，第一名是為了自己的孩子；第二名有兩個：為了自己的配偶，還有為了拯救世界；之後的理由還有：為了知識自由、世界全體人類學習的權益、自由民主，以及新聞自由等等。人活著免不了會想到，一生的時間眞的很短，死亡並非遙不可及。但這是每個人都必須面對的最終結局，害怕死亡，因而逃避死亡並不理性。只有經常想到死亡終究無法避免，如此一來，才會珍惜時間，思考自己人生的核心價値，選擇自己願意為何而死的答案。

對於死亡的問題，醫學博士有醫學的看法，哲學博士有哲學的看法。至於我這個資訊博士的看法如何呢？工科的人在寫程式時，要把流程圖事先擬好，由於我非常厭惡死亡，所以把它排在我的人生流程圖中的最後一項。如果未來的人生能照著排程走，也算是一種幸福。

師生關係就像戴上考驗自己的魔戒

很多時候，老師會扮演爸爸的角色。尤其是德國的指導教授，在德文裡的意思就是「博士爸爸」（德語：Doktorvater），就是說，指導教授視同學生的父親一樣，彼此關係相當密切。「Doktorvater」這個德文字，非常清楚地指出，老師和學生之間的這種特殊權力關係。。

我在德國求學階段，向來非常害怕老師，對老師總是必恭必敬。在攻讀博士學位的第一年，言必用尊稱「您」（Sie）來稱呼老師，但發現很多德國人對老師說話時，卻使用平輩的「你」（Du）他們非但完全不用敬語，甚至還直接稱呼老師的名字。從我指導教授下面的科研人員到學生，一直到他的祕書，大家都是直接使用他的名字——拉杜（Radu）、拉杜（Radu）地呼叫他。

不一定是在校園裡，有直接指導學生論文的身分或教授學生課程的人，才被稱爲老師。這個稱呼其實用得很廣泛。我也常常被許多社會人士尊稱爲老師。不管是什麼樣的老師，師生這種特別的權力關係，就跟所有的權力一樣，使用起來要特別謹慎、小心，而且不能夠被它吞噬。有的人利用這種關係來欺負自己的學生，滿足自己的欲望，不管是爲了追逐名利或身體上的動物本能。能夠被別人尊稱爲老師，其實相當於戴上了一只考驗自己的魔戒。師生這種特別的權力關係，如果沒有被妥善運用的話，學生非但沒有得到好處，反而成爲各種不同的奴隸。這樣的爸爸，其實和人渣也沒什麼兩樣。

我到成大教書的第一年，有一個非常優秀的大學生找我做專題。我把自己在德國念博士的研究問題、資料，甚至原始碼都給了他，但他畢業之後，就到北部的學校去念碩士。後來我才知道，有許多同事收大學部專題研究的學生時，都會問對方將來會不會留下來繼續念研究所。如果學生不會的話，就不願意收他。

剛進入大學工作的助理教授，絕對還有很大的升等壓力。對於優秀的學生要走，心裡當然不會有太正面的感覺，但我仍然保持像德國紳士一樣的態度來對待他。那時候，我從東京帝大博士班畢業的同學跟我說：「你一定要放人走，想念名聲更響亮的學校，是人之常情。我們年輕的時候，自己也會做同樣的選擇，對不對？」聽到他這樣講，讓我完全釋懷了。最後與這個學生的互動，心裡不但完全沒存有任何的疙瘩，也誠心地祝福他鵬程萬里。他要離開學校之前，知道我當時閒暇時在打羽毛球，還送了一支頂級的羽毛球拍給我。那支球拍，我至今還掛在研究室的衣帽架上。

被人家稱老師的人，自己要謹愼小心，這兩個字的背後，其實隱含很深沉的道德意義。手上戴的這只魔戒，帶來的誘惑和考驗，也是相當驚人。如果連做人最基本的道理都不懂，無法體會學生的心情，不能爲自己密切接觸的人謀求幸福，還高談闊論說「要拯救這個社會」，這恐怕連自己都不相信吧！

與其陷入他人地獄，倒不如檢討自己

我一直很不能習慣這樣的階級社會，富人比窮人能夠更輕鬆地呼吸，他們所擁有的口罩，似乎特別透氣。名人比一般人更能享受特權，得到更好的待遇。官位頭銜像一座小山，可以得到眾人的抬頭仰望，甚至崇拜、嫉妒，這些都是我不能夠適應的事實。

達到人生的高地，縱然有些是出自於個人的努力，但絕大部分來自於機遇和自欺欺人。山下的人，很多只是運氣不好；山上的人，其實沒有比我們更加努力。如果這一切都只是自欺欺人和自我吹噓，再加上命運的操弄，那我們個人的角色，以及所謂的意志、努力和目標，到底還有什麼意義？

之前，我很喜歡跟自己工作機關的配車司機聊天。每次一對一的時候，我往往坐在副駕駛座，那讓我有一種彼此平等的感覺。我總會聽到司機說的很多故事。聽的故事愈多，就感覺人愈渺小。因此，也就愈不想坐到後面的車廂了。我小時候的志願，只是希望能擁有一份正常的工作來養活自己，不要成爲社會的困擾，這就是求生存。在求生存的過程中，人生因此而豐富、充實了起來，但能夠生存之後，反而容易失去了人生的目標。

夏天的時候，我很喜歡到涼爽的山區跑步。到達最高峰、往山下看時，總覺得心滿意足，看著還在不斷往上爬行的人，彷彿自己高人一等。其實這並不是我們的身高超過他人，而是山的海拔，讓我們變得更高，我們因此產生擁有特權的感覺。但這完全不是來自自己，而是源於腳下的高度。聰明的人，儘管身強力壯，有足夠的力氣可以爬到山頂，卻在意識上放棄了這種攀登。憑藉想像而不是山高，他心中的感覺就彷彿站在山峰上，周圍的一切都是山谷。一切的高談闊論，不過只是一種自我滿足，想要改變世界的憤世嫉俗，單純只是一種虛假的情緒。

我們往往對自己不瞭解，對世界也不瞭解。當你不瞭解的時候，所有的感情都是虛假的。只有在眞正瞭解一件事物的時候，我們才會對它感到喜愛或怨恨，也才眞的知道對於一件事情，究竟是瘋狂追求或拚命放棄。社會的階級，來自於對不同人們的地位高低做了一些比較。與他人比較，有時覺得自己勝出，會產生優越感。但更普遍的經驗，卻是痛苦的，這便是所謂的他人地獄。只有認知到所有用心生活的生命，都很美好，都值得尊敬，認同多元的價值，才能從愛比較這種膚淺的觀念脫身。不用羨慕、嫉妒或瞧不起別人，自己才是最需要常常檢討、反省的對象。跳脫他人地獄與高人一等的想法，如此一來，才能享有更自由的人生，自己也才會與時俱進而不被時代所淘汰。

不要拿那些殺不死自己的東西來考驗別人

尼采的超人哲學，是強者的哲學。超人不需要被監督，因為他會自我反省而進步；超人不怕挫折、失敗和痛苦，因為「那些殺不死我的，使我更強大」。台灣的知識分子對於尼采，應該都相當熟悉，有不少是崇拜他的粉絲。

有一期的《德文哲學雙月刊》封面文章，探討個人和社會的敏感化，即是同理心。社會的敏感化是進步的標誌。人性的尊嚴不可侵犯，自己的尊嚴不受傷害當然更無庸置疑。但是別人的尊嚴受到踐踏時，我們會出現什麼敏感程度的同理心呢？

本書第四章將提到三個小故事：勇敢無懼、孤獨思考和否定自我。有朋友看完小故事後回饋我說，這是標準的強者哲學。我承認這確實是強者哲學，但須注意的事情是，這篇文章最早是發表在《成大校刊》裡，主要的訴求對象是針對成大的新生。每個人都必須自己先成長，將來才有較大的能量來貢獻社會。但是如果人生一直停留在努力追求成長的階段，而且只強調自身的不斷發展，往往會變成一個自以爲是且自私自利的人。

《德文哲學雙月刊》很有趣地提出三個問題：

1. 如果你覺得自己有小感冒，會怎麼做？

A. 這根本不成問題，還有一天的工作在等我做。

B. 病情很容易惡化，我最好還是待在家中休息。

2. 當一位同事在工作崗位上，在你耳邊嘮嘮叨叨、抱怨他在公司的地位和價值時，你會如何反應？

A. 你冷靜地反駁，告訴他這樣會違反工作紀律。

B. 你附和他的說法，然後再回去工作。

3. 你在晚間新聞中，看到一艘傾覆難民船的照片，發現很多孩子淹死了。

A. 你冷靜地和伴侶開始討論，如何在未來預防此類災難。

B. 你自發轉身，因為根本無法忍受這種痛苦的影像。

如果三個問題回答的都是A，那麼你的人生哲學，就比較傾向尼采的強人哲學——那些殺不死我的，會使我變得更強大。所以，會認爲別人也應該都要這樣選擇。如果三個問題的答案都是B，那麼你的想法比較傾向法國猶太哲學家萊維納斯，他是主張脆弱性和無條件關懷的思想家，認爲人是由一個脆弱的缺陷系統所構成。存在於愛情、依賴於關懷，這種脆弱性有權在自我中存在。敏感性使我們成爲人類。因此，政治和道德規範，必須先爲那些仍處於不利地位和受到歧視的人提供保護，而不是根除這些弱點。

敏感的同理心，才是社會進步的動力。在追求成長的過程中，獨立自主、不依賴他人的尼采超人哲學，的確是一種不可或缺的自我訓練。但是，如果一直停留在超人的哲學上，很難避免成爲以自我爲中心的自戀者。人的脆弱性無可避免，年紀愈長就愈能體會到這個眞理。萊維納斯的人性脆弱主張，是一種關懷的同理心。至於「那些殺不死我的，使我更強大」，那應當是用來考驗自己的說法，而不該拿那些殺不死我的東西來考驗別人。

人透過選擇來決定自己和人生

沙特認為「存在先於本質」是人類才有的特性，至於物品則是「本質先於存在」。他舉剪刀為例，剪刀在還未被製造出來之前，就已經存在於製作它的工匠腦海中了。剪刀是什麼、長什麼樣子，早已經被決定好了。但人類的情況就不同了，人是「存在先於本質」。

沙特認為世間並沒有所謂人的本性，也沒有預先設定人本性的上帝。人是不能被定義的，因為人生來就一無所有，只能經由後來自己想成為什麼，才去自由設計和創造自我。人生下來原本只是虛無，都由後天所創造。自由塑造自己的責任重大，因此，人才在眾多可能的道路當中，焦慮地選擇。

沙特舉了一個例子：有一個年輕人，他的父親叛國，他因而很想去從軍、洗刷家族的恥辱。而他年邁的母親身體相當不好，如果沒有他的照料，應該很快就會死掉。他要如何做出選擇？選擇從軍，就無法照顧母親；相對地，選擇照顧母親，就沒辦法從軍。在對國家的愛和對母親的愛之間，沒有人能夠在道德上給予正確的建議。人必須要自己選擇，然後接受並實踐自己的愛。

在太陽花學運的時候，一堆人講這句話：將來千萬不要成爲我們小時候討厭的那種大人。爲什麼呢？人原來就沒有什麼先天不變的東西，人格都是後天自己所塑造的。所以，像香港的特首林鄭那樣，年輕時一無所有，沒有任何包袱，可以追求自由民主。而從當了特首以後，爲了謀求政治利益的算計，卻能做出完全否定自己年輕時思想的行爲。

這種例子當然不只是林鄭，曾經參與野百合或太陽花運動的人，甚至往前推到美麗島或美麗島律師世代。基本上，到處都能見到這樣的先例。身爲一個人，時時刻刻都能決定是否繼續貫徹相同的立場——始終扮演同樣人格的角色，或是變成完全相反的另外一種人。

這並非否定人的基本生理結構相同、但聰明才智互異的事實，而是獲得成就的重點在於：人會成爲怎樣的人，不是先天就決定好了，而是因爲後天的選擇和努力所造成。存在「先於」本質，而不是只有存在，沒有本質。無論在理論上或實際上，我們都可以非常容易地觀察到許多類似的現象。當人改變了自己，即使維持在相同的環境和條件下，人生仍會產生不同的價值和意義。人、事、時、地、物五個要素，只要一個不同了，結果就會不同，更何況五個要素會在人的一生中，激烈地攪和與戰鬥。

只有人類才是「存在先於本質」。你的本質怎麼樣，並不是由所謂的神祇來設定。透過選擇，一個人來決定自己是什麼，應該過怎樣的人生。許多人以爲生活是自然而然，選擇是順勢而爲。但實際上並非如此，而是他們往往是做了「不選擇」的選擇——這是一種沒有經過深刻思考來形塑自己人格的方式。人應該要自我否定。自我否定之後，再做一次選擇，結果或許仍然維持原來的樣子，但這跟絲毫不思考、順其自然的人生，是完全不同的。尼采說：當你凝視著深淵，深淵也凝視著你。與怪物戰鬥的人，小心自己不要也成爲怪物。我們必須好好地看著自己，有時候一不注意，人就會變成自己以前想推翻的那種討厭的人。

沒辦法靠打獵來訓練意志和堅持，不然就來跑馬拉松吧！

每一個跑馬拉松的人，都有自己不同的跑步理由。有些人因爲憂鬱，需要活動走出悲傷的情緒；有些人因爲心靈的創傷，需要運動來忘記某些事情；有些人則是想要健康，希望透過這樣的運動讓身體的某些疾病能痊癒；有些人則想要有成就感，希望成績可以不斷超越，期待有良好的體態，可以站上舞台，甚至蒐集百馬或六大馬的獎牌。另外，還有人是想要讓小孩出來活動一下。例如，台灣路跑界有名的小比媽，在好幾次的路跑賽事中，都看到她推著無法行動自如的兒子出來，讓他在路上曬曬太陽，享受陽光，吹吹涼風。

我知道自己是個瘋狂的人。從開始跑步一直到跑完人生初半馬，只花了四十五天；一週後，又成功挑戰全馬的自我訓練。跑完四場馬拉松賽事之後，在將要跑紐約馬拉松的前一週，意外接到醫院健檢中心的恐怖來電，提醒「心肌急性缺氧」的體檢結果。雖然事後證明只不過是虛驚一場，但當時的我，卻仍然為自己已完賽四場全馬之事深感萬幸，儘管也為日後或許無法再參賽而覺得非常惋惜。

葡萄牙詩人佩索亞曾經寫下荒謬的感覺：「我們是虛假的人面獅身獸，我們不知道在現實世界中的自己到底是什麼。認同生活的唯一方式，就是否定自己。荒謬即神聖。」我想自己會跑步有很大的原因是要「否定自己」。以往過著自以為是、痴肥久坐椅子、蟄伏不動的生活，誤以為這樣就是知識分子的美好人生。「自我否定」恐怕就是我跑馬拉松的神聖價值所在。有個好朋友曾經傳來一位九十六歲馬拉松跑者的故事，對方半開玩笑地說，他如果繼續跑下去也可以這樣。其實，在我內心的想法是，無論如何只要能跑，我就會一直跑下去，我想這將是我未來的生命中，唯一一件能夠確定的事情。

在人生的角色扮演當中，沒有一樣像跑馬拉松這樣眞實、客觀，尤其還可以追求不斷的進步和成就感。PB進步一分鐘，就是一分鐘，這是自己完全可以掌握的事情，這就是所謂的「客觀」。這種「客觀」完全不存在日常生活的其他事物中。雖然跑馬拉松的人，對於為何而跑，存有各式各樣的理由，但是通常會擁有一種共同的感覺，就是「人生沒有比跑馬拉松更有存在感的時候」，這是眞正活著的一種眞實感受。

以前我在德國柏林歌德學院的時候，認識一個歐洲的貴族同學。有一次上德文課時，課程主題談論嗜好。他說他的嗜好是打獵，這是家族從小必須接受的訓練。人活在這個世界上，就必須與別人競爭，甚至鬥爭或戰爭。這說來或許有些殘忍，但打獵就是人生必備的殘酷訓練，尤其對於高高在上的貴族而言，更是不可或缺的生命哲學。

自古以來，人爲了求生存，就得打獵。這是打獵最簡單且合理的道德哲學。結合打獵的戶外運動，是訓練貴族或王室體魄的重要活動。柏林市中心的狩獵園是一座占地廣闊的綠地公園，其實就是以前普魯士王公貴族打獵的地方。拋開殘酷的殺戮，打獵需要追蹤、觀察獵物、學會耐心等待，然後在最關鍵的時刻，精準扣下扳機。在人生的戰場上，有許多重大的機會，不是都需要類似的能力嗎？

我們都不是貴族出身，當然沒辦法從小訓練打獵的技巧。除了醫師和法官等工作以外，通常我們一般人的工作，並不會牽扯到與人生命有關的殘酷決定，而且也無法從事像打獵這樣的活動。而馬拉松的運動，跟打獵有部分相似。首先都要跑步，然後都需要長時間在戶外耗費體力。既然無法靠打獵磨練意志和耐力，不如跑馬拉松吧！只是競爭的對象，主要是自己而非獵物，這麼一來，雖不像打獵一樣殘酷，卻有鍛鍊體魄、培養恆毅力的效果，何樂而不為呢？

4
chapter
第四章

脫離常軌的勇氣

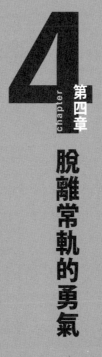

勇敢無懼、孤獨思考、否定自我

勇敢無懼

我有一個成大碩士班畢業的學生，目前在美國蘋果公司工作，他的同事很多都是美國史丹佛大學之類的名校博士。幾年前，我到美國去蘋果公司找他，問他怎麼變得那麼厲害？他告訴我一個成大電機碩士、如何進到美國蘋果公司的眞實故事。

碩士畢業之後，他和所有的同學一樣，在台灣新竹的公司工作。有一次有個他們公司的客戶——美國國防部的包商，想要瞭解一個問題。但一大堆台、清、交、成畢業的博、碩士，大家你推我，我推你，沒人敢出來發言。他突然想到我曾經講過勇敢的重要，不知道爲何就主動站了起來，用很破的英文報告自己對這個問題的看法。正因爲這件事情，上面的長官知道他的存在。不久之後有個機會，就派他去矽谷工作。在矽谷的工作挑戰很大，但同時也成長很多。因為他做的技術是蘋果公司所需要的，後來蘋果就把他挖角過去。

沒有勇氣什麼都做不到，連失敗都不可能。勇敢主動去接受挑戰，努力把握重要的機會，才是成功的關鍵。

> 勇氣是抵抗恐懼，駕馭恐懼，而不是無視恐懼。
>
> ——馬克·吐溫

孤獨思考

我在德國念書的時候，曾經跟幾位住在柏林的台灣同學，在某個冬日的週六午後一時興起，什麼都沒有準備，就利用德鐵週末票，直接前往德國最北邊、靠近波羅的海的呂根島去玩。

我們心想反正會講德文，連地圖都沒有攜帶就出發了。當天到了施特拉爾松德市之後，天色已經很晚了。不料路上不僅沒有路燈、十分陰暗，冰天雪地之中，也見不到任何路人。在火車站時，曾有人指引我們往青年旅館大致的方向。晃了大約一個小時，我們正想慘了，今晚得露宿街頭的時候，在雪花紛飛之中，突然迎面來了一個很正的德國女生，若是在PTT表特板，肯定有一百推以上。當她獨自一人從前面走來，我們趕緊跑過去問路。而她就是冷冷地，但很熱心地帶領我們去青年旅館。在台灣，這樣漂亮的女生，幾乎不可能一個人在天寒地凍的荒野中出現。

後來我才知道，她也是來玩的，但卻是獨自一個人，十九歲、念大一。我問她：「妳一個女孩子，單獨一個人跑來這麼荒涼、漫天大雪的地方，是失戀嗎？」她第一次露出笑容，說自己是一個人來思考的。我聽了眞的嚇了一跳。

台灣人很怕寂寞，愛熱鬧，但不愛獨自一個人思考事情。那時候我才明白，「只有獨處，才能思考」的道理。我十九歲的時候，和學校社團的人去夜遊。越過蟾蜍山公墓，還怕不夠熱鬧，帶個手提音響去吵地底下躺著的死人。在台大的時候，什麼傳鐘二十二響，代表每天要留下兩個小時來思考的教誨，完全沒有影響到我，當時根本不知道孤獨的重要。那個十九歲的德國女孩說的一些話，有一部分眞的影響了我，例如：父母教他們，一輩子只要結交幾個好朋友，這些數量就是一輩子的朋友了。不要花太多時間在表面的關係上，做事情也是同樣的道理。

我們從小到大，受黨國教育的薰陶，從來沒做過什麼深刻的思考，因爲一直把生活弄得很忙碌。以爲這樣自戀、強迫和自私的行爲，就是傑出、優秀，這完全都是因爲沒有在孤獨中深刻思考的緣故。

只有孤獨，我們才能夠找到自我，孤獨不是寂寞，它是最偉大的冒險！

——赫曼．赫塞

否定自我

三年多以前，我開始跑步。從開始跑步一直到跑完全馬的自我訓練，只花了五十二天，而且到現在已經跑完二十多場的馬拉松賽事了。葡萄牙國寶級作家佩索亞在《不安之書》寫下荒謬的感覺：「我們是虛假的人面獅身獸，我們不知道在現實中的我們是什麼。認同生活的唯一方式，就是否定自己。荒謬即神聖。」我跑步有很大原因是要否定自己。前半輩子過著痴肥、坐在椅子上面不動的胖子生活，以爲這樣就是美好的知識分子人生。自我否定，恐怕就是我跑馬拉松的神聖價值所在。

在現代資訊氾濫的污染情況之下，能夠和自己對話的時間相當稀少，不管在精神或肉體上。而跑馬拉松的時候，感官與神經中樞往往可以有緊密的互動。在這樣的過程中，彷彿可以跟世界暫時隔離。這種感覺在游泳的時候或許會發生，但是當你跑在戶外世界時，尤其是越野馬拉松，那種與大自然融合爲一體的感覺，是游泳遠遠比不上的美好經驗。

在現代複雜的世界裡，追求經濟、事業、名聲或財富，往往找不到所謂「客觀上絕對好的」價值選項。但是，在我個人的認知體驗當中，馬拉松對我而言，是「客觀上絕對好的」，不管在身體或心理健康上，都有一致性的感受。在工作方面，每當達成了一些事情，常常招惹來更多事情；賺到了一定的財富或名聲，就想要得到更多。原本還以爲這樣會快樂、有成就感，但往往就如同德國哲學家叔本華所說的，其實只是在痛苦和空虛之間擺盪的人生，找不到什麼客觀上絕對好的價值選擇。

在人生的劇本和戲劇裡，沒有一種像跑馬拉松如此眞實、客觀，尤其是可以不斷追求進步。PB進步一分鐘，就是一分鐘。這是完全可以透過自我的訓練來掌握，而獲取快樂和成就感，這就是所謂的「客觀」。但這種「客觀」，通常較難存在於日常生活的其他事情當中。

雖然跑馬拉松的人，對於自己爲何長跑，有各式各樣的理由，但是跑者通常會有的共同感覺就是，人生沒有比跑馬拉松更有存在感的時候。這是覺得自己眞正活著的一種眞實感受。

只有紀律嚴明的人，才有生命的自由。如果你沒有紀律，你就是情緒的奴隸，你就是激情的奴隸。

——基普柯吉（Eliud Kipchoge，馬拉松世界紀錄保持者）

在上大學以前，台灣學子的生活，幾乎都是在讀書和考試。網路上流傳了一張圖，諷刺台灣與歐美在人才的養成大不同。歐美的學生從小到大，按照人生不同的階段，依序培養生活管理、環境探索、夢想找尋、生涯抉擇、實務能力；但台灣的學生從幼兒園到高中，都只是在讀書、考試。這些應該分階段學習的東西，全都擠在大學階段來完成。但是，大家也不要太小看自己，我們能夠擠壓在大學期間，學習到這麼多的東西，成長的速度和學習的能力是歐美的學生所追趕不上的。我在德國念書時，眞的有這樣的體會。

人的一生其實不長，我們每個人要好好利用時間去探索各式各樣的事情。世界是如此寬廣，學校和社會有形形色色的人，也存在著許許多多的專業。除了自己本業以外，結交一些不同領域、志同道合的朋友。當自己迷惘的時候，看看不同的書籍和電影，思考嚴肅的生命問題，勇敢掌握機會、積極生活，不要害怕失敗，這是人生非常重要的事情。

（本文大部分內容發表於《成大校刊》二六三期）

心在哪，人就在哪：跑步、寫作和生活就是旅行

因爲肺炎瘟疫的疫情在全球快速蔓延，不能自由自在出國的情況，可能會持續一段長時間。在溫度飆升的台灣夏天，大多數的朋友，對於悶熱的氣候，在心理或生理上或多或少都會感到不舒服。以往的暑假，朋友不是在歐、美、澳洲，就是在北海道。除了少數人繼續工作以外，大部分的人不是去旅行，就是去度假。旅行和度假當然不同。旅行很辛苦，度假很慵懶。通常旅行有許多深刻的想法可以分享；而度假有很多漂亮的照片可以發文。

我因工作的緣故，需要不斷地東奔西跑，出差是日常生活的一部分。即使沒有出國，因爲成大在台南，也得三不五時地上台北開會。我住的地方，距離上班的地點接近一百公里，平日也需要搭乘火車通勤。追蹤我久一點的臉友，應該知道我開始寫臉書貼文，主要也是爲了打發無聊的交通時間。

我曾經看過一項雜誌的調查，通勤是大多數人覺得最浪費生命的活動。天天的交通往返，容易讓人有厭世感。歐洲城市人口密集，大部分的上班族或學生搭乘大眾運輸工具通勤；而美國地廣人稀，主要還是以開車通勤爲主。由於工作的地方往往離家遙遠，美國人花在通勤的時間，通常相當可觀。

我去德國念書的前二、三年，從沒有離開過歐洲。甚至連爺爺過世，父親因體諒我的經濟狀況及課業的壓力，也叫我不要回家奔喪。所以，我曾經有一段很長的時間，沒有返回台灣。我第一次離開歐洲，是爲了到美國參加學術研討會。當時飛機在洛杉磯機場上空盤旋時，俯瞰城市和機場的感覺，就好像人已飛抵台灣。原來台灣的很多建設，都是參考美國的做法。

那次的美國之旅，眞的很悽慘。身爲窮學生的我在朋友家借住。其實正確的說法，應該是親戚的朋友家，而不是自己的朋友家。大家都是陌生人，本來並不認識，雖然對方提出要主動接送，但也不太好意思請人家幫忙。然後，我利用當年 Yahoo 非常不精準的地圖導覽，搭乘一些大眾運輸工具。然而公車下車的地點，經常和眞正的目的地相距好幾公里。

有一次，我在某個社區拖著行李移動時，在黑暗中不愼誤觸別人家的警報系統，情況十分危急。尤其我想到美國持槍的合法化，那個不懂英文「Freeze」（不許動）的笑話，又再度湧上心頭，眞是可怕至極。我發現在歐洲的生活經驗，完全不能移植於美國，但是也因此體會到美國和歐洲的差異。台灣土地稀少、人口密集的程度比較像歐洲，交通建設的選擇上應該多效法歐洲，建設更多的捷運大眾運輸系統才對，而不是像美國一樣，以汽車公路爲主要交通工具。

旅行，尤其出國旅行的意義，往往在於希望脫離常軌。一成不變的生活，會使人厭倦，感到彈性疲乏，並且失去動力。此外，還能擁有從遠處來檢視自己生活的一個好機會，這好似「沒有蹺過課的學生，不能成爲眞正拚命用功的學生」般，旅遊生活就有點類似斯多葛學派講的「花式逃學」。

但是，無論旅行或度假，都需要花費一筆難以估計的金錢和許多的時間。爲何我們必須在通訊如此發達的時代四處旅行呢？有一次，我參與NCC國家通訊傳播委員會的考察行程，在阿里山觀景台看日出和雲海時，也跟同行的教授談到類似的問題。5G時代的頻寬多麼龐大，不管擁有畫質多高、影像多立體的攝影技術，藉由網路的傳輸，都不至於產生任何問題。但採用通訊方式，是否可以取代實體查訪？是否有了網路，就不需要馬路？視訊會議、社群媒體、遙控旅行等等將愈來愈發達，但這樣遠端藉由通訊網路所達成的人與人或人與自然界的接觸，可否取代人類眞實的親身體驗？

當年，我去柏林念書，並不光只是喜歡柏林這個德國最大的城市。那時候，德國政府在柏林、波昂和慕尼黑三地，建構了一個當時最快速的高速網路。能夠藉由這種眞實網路的軟、硬體，進行學術研究，讓我覺得踏實而滿足，不會只是像研究理論那麼虛無飄渺。記得當時研究室的隔壁，有某個小組在執行一件神奇的計畫——他們將整個樂團放在慕尼黑，將指揮置於柏林，藉由通訊網路來進行演出。這個研究試圖要觀察，在這種遙遠的距離下，遠端指揮到底是否會影響了樂隊樂手和一般觀眾的感受？發揮了什麼不同的效果？研究結果顯示，不管是指揮、樂手或觀眾，大家都感覺不一樣，卻沒有人能精確描述及具體回饋，爲什麼感受變得不一樣？但是當頻寬變得非常龐大、通訊量很充分的時候，是否所有的資訊，都可以藉由這個傳輸管道加以傳送？人與人之間的互動，除了影音資訊以外，到底還有沒有其他的東西？

我想絕對有一些東西，讓透過通訊網路的體驗，依然無法取代實體的親身接觸。就好比遠遠地凝望日出和雲海，但明明實際觀看到的景色，比不上使用最佳角度所拍攝出來的 3D 立體影片。然而，爲何大家仍舊願意前一晚住宿阿里山，隔天凌晨四點爬起來搭乘火車上山，這麼不辭辛苦地觀賞日出呢？

無論是光憑想像，或是藉由他人所看到的人、事、物，只有在深刻體會、瞭解人世間的道理之後，才能產生感同身受的領悟。不管是人與人之間，或者是人與大自然之間，都無法完全以虛擬網路來取代實體接觸。因爲藉由遠端的網路技術，就好像透過翻譯來瞭解另外一個不同語言的文化。

德國和法國的地理位置很接近，我經常在兩國之間穿梭旅行。然而，對於這兩個國家的文化，卻有截然不同的感受，並非我在這兩個不同的國家中，變成了兩個不一樣的人。而是因爲我熟悉德文，但不會法文，熟悉的語言能帶給自己的感動，遠遠勝過經由他人翻譯間接獲得的資訊。

每個人的人生體驗，無法由他人取代。從他人的經驗，或遠端所傳送來的影像，可以讓我們得到一些想法。但人與人之間的感覺，經常存在著遙遠或彷彿隔層紗的距離。有一次，在關島的旅行中，我曾經寫過一些話：

以前我很渴望去觀看這個世界，藉由旅行和度假，欣賞各地的美麗風景；透過出國留學，想瞭解異國的思想文化；努力學習英文和德文，希望能打開通往異國風情的視野之窗。現在卻發現以前的方法，實在太過徒勞無功。跑步、寫作和生活，就等同旅行。一場馬拉松接著一場馬拉松跑過，一篇文章接著一篇文章寫完，一天接著一天飛逝。跑步有時快、有時慢，文章有時好、有時壞。不論快慢好壞，時間都無法靜止。寫作就是對自己最嚴格、最正式的訪問。人生就像是開著一輛搭載自己命運的汽車，從駕駛座前方看出去，看到美麗的海洋和寧靜的高山。路邊的人群，有人笑臉迎人，有人行色匆匆，有人欣喜若狂，有人目瞪口呆，正如同沿途的風景，美不勝收；但將抵達的終點，大家都一樣。不同的是我們所選擇的道路。高速公路非常迅速、方便；但省道和鄉道，雖然從容、緩慢，卻能看到更多令人驚豔的景物。

旅行太辛苦，度假太慵懶。不管選擇哪一種，花費的成本，都同樣難以估量。想想這又何必？只有極端缺乏感覺和想像力的人，才需要依賴經常出國旅行或度假，讓新奇美好的經驗，不斷重現。任何馬拉松的路線，都能出發到世界的終點。

跑完四十二公里回到起跑點，恍然發現世界的盡頭，原來就在啓程之處。如果可以觀察，便能夠感覺；能感覺，便得以思考；能思考，便足以想像；能想像，便有辦法創造；能創造，便落實了存在。我們的心在哪裡，人就在哪裡。

旅行到世界各地，只是在確認自己是否有豐富的想像力。景物其實是由我們本身所創造出來，旅行實際反映的是旅行者自己本身。我們看到的不是各地美麗的風景，而是我們眞正的內心。哲學家皇帝奧里略說：「要從鳥瞰的角度來觀察世界，以便將日常生活的憂慮，放在正確的位置。」因爲，「無論成功或失敗、賺錢或賠錢、結婚或離婚、各種得到或失去等等，如果從遠處眺望，所有的一切都將變得渺小而微不足道。」我們所需要的，其實並非旅行，尤其不見得必須出國旅行；我們眞正需要的，是脫離常軌。這可能只需要一本好書或一部電影，當然還需要攜帶自己無邊的想像力。

歷經數百年愛戀的旅行和哲學

二〇二〇年我申請到科技部的短期進修，本來預計帶幾個研究生到德國的大學，進行國際合作與學術交流。但瞭解歐洲的疫情之後，不禁想要更改計畫書，希望到別的地區去。可是放眼望去，到底能夠去哪裡？有個朋友調皮地建議去南極州，因為地球七大洲只剩下那裡還沒病例。到南極洲，難道是要去研究南極磷蝦捕捉系統的資安問題嗎？

以前我寫過比較旅行和留學相關的一段話：旅行和留學最大的差別是，留學要辛苦拿學位，籠罩於修課和研究的龐大壓力中；旅行卻是無憂無慮，不用過一般當地民眾的日常生活，只需抱著羅曼蒂克的心情，因而常常美化當地的國家。所以，留學像是婚姻；旅行好比是戀愛；而交換學生或是短期遊學，就是同居。

我非常喜歡旅行，不管是度假或公務行程，一方面可以成就自己的目標——前進到世界一百個城市分別跑十公里；另一方面可以脫離常軌，擺脫單調無聊的日常生活。我為不能去旅遊的人感到難過。一旦不能旅行，無法經由外在世界來增廣見聞，內在世界也難以獲得刺激而促發成長；同時，被剝奪自我探索的機會和喪失轉換不同面貌的可能性。面對肺炎瘟疫的擴大蔓延，許多人突然之間都不能自由旅行了——無法到遙遠的地方、接觸新奇的人事物。

哲學，是酷愛冒險者的理想旅行伴侶。旅行和哲學，經歷了數百年的愛戀。世界旅遊組織的統計資料顯示，在二〇一九年，有十幾億人次為了旅遊，往返於世界各地。這樣的旅遊行程，有兩個主要的動機，即「改變」和「展現」——兩者皆源於對未知、陌生的好奇心所驅使而來。希望能追求異國異地的眞實經驗，轉變自己的人生，並渴望可以分享特別的時刻和景觀。不斷藉著尋找新的體驗或生活方式，以向他人展示嶄新的自己。

不管旅行或度假，都需要離開熟悉的家，只是兩者的區別在於心態上和對時間感受上的不同。度假是放空一切，慵懶且對時間毫無感覺的態度；而旅行通常比較積極，行前會做許多準備。在旅行的行程中，通常會對於時間分秒必爭，好不容易有機會可以抽離自己慣性的生活。尤其是去國外旅行時，不少人會功利地意識到每分鐘所花費的成本有多麼驚人。於是，有些人旅行時，生活反而比工作更為緊湊，時間的壓力比工作更加沉重。

人到底是在慣常的生活與工作時活著，還是在旅行、度假中才算活著？旅行、度假的食衣住行，往往比日常生活中的支出高出許多。面對美麗的風景、星級的飯店、高級的餐廳，當然遠比乏味、現實的日常生活有趣許多。但是，如果沒有長期日常生活的無聊來襯托，又怎麼會有短暫度假旅行的樂趣呢？

旅行能夠帶給人幸福感，有些人不想工作，不願意過一般人平凡的日常生活，希望一輩子能夠在度假、旅行中度過。如果能夠靠著繼承家產或自己工作之後而能財務獨立，不少人想選擇一輩子都能夠不斷地旅行和度假，也有些人希望能提早退休，過著悠遊自在的美好生活。

即使沒有任何經濟壓力的考量，也很少人能夠長期這樣愜意過生活。如同中古世紀貴族般地游手好閒，想像起來就非常快樂。不過，三、五個禮拜都過這樣的生活可能感覺非常棒，三、五個月也還可以，三、五年就會覺得有些無聊，三、五十年絕對會後悔不已。人是一種奇怪的動物，莫名其妙地有靈性，沒有辦法只滿足於活在只有物質生活的環境。尤其更糟糕的是，不僅無法細細品嘗、感受習以爲常的生活，通常還會對其感到厭煩，於是又陷入不斷追尋又一再重現的場景，跌落毫無新奇經驗的永生地獄當中。

旅行的意義，到底是什麼？歌德花費人生的十年，成爲大官和大文豪，同時擁有顯赫的名位和無窮的財富。有一天，他卻突然不告而別，花了兩年的時間，跑去義大利旅行。只有親身體驗許多世事，才能瞭解自己到底是誰？現在所擁有的東西，究竟是不是自己眞正想要的？到底自己的興趣在哪裡？歌德在義大利之旅結束後，說：「沒有其他事情，比在異國的生活探索經驗，更能夠影響一個有思想的人。外表雖然看起來一樣，但是我的骨子裡，已經徹底改觀，完全不同了！」我想歌德的義大利之旅，應該就是想確認自己是誰、喜歡的東西是什麼、自己的生活和生命是不是很美好，或許旅行的意義即展現在此。無論是旅行者或哲學家，都希望致力於突破自己的知識極限，看到世界眞實的面貌。旅行和哲學經常糾結在一起，旅行影響了哲學，哲學也影響了旅行。

好好做一個對得起自己的人

妻子提醒說，我實在寫太多臉書了，似乎讓人有種太閒的感覺；她認爲其實一天只要發表一則貼文，應該就已經足夠了。也有前輩告誡我，不要浪費那麼多寶貴的時間，寫一些非關學術的文章。但其實他們並不知道，我剛到成大還不久時，就被同事取了一個「庫妮可娃」的貼切綽號，類比成這位俄羅斯的網壇女神——她網球雖然打得不怎麼樣，但卻經常因爲一些和網球正業無關的事情，而聞名於世。不少人都知道——除了學術界人士，也有不少人知道我現在的專業，主要在於資訊安全。但坦白說，資訊安全卻是我當初剛回國工作時，因爲自己的不務正業，沒專注於該盡的「本分」，意外踏進的陌生領域。

日環蝕的那天，我和兩個學長，總共三個家庭，一起在故宮南院觀賞太陽的變化。結束之後，大家共用晚餐時，學長念高中的兒子問我，怎麼會踏進資訊安全領域？我想應該是遇到了成大已故的賴溪松老師——他是一位非常令人敬佩的人。賴老師曾經念過一年的嘉義高中，後來因家庭經濟的緣故，不得不輟學改念高雄高工設立的中華電信建教合作班。那個年代，中華電信應該還叫做電信局。他一邊半工半讀，一邊念完了成大電機系的學士、碩士和博士。他的博士論文是做艱澀的數學問題，很難想像已有家庭、還在半工半讀的人，願意挑選如此困難的題目。因爲他的研究室恰好就位於我的附近，他的計畫又多到忙不過來，而我那時只是一個剛去任教沒多久的菜鳥。所以，當他詢問我可否過去幫忙時，我一口就答應下來，也因而展開與資訊安全結緣的過程。

由於我有出國留學的背景，英文還算可以，賴老師的資安研究中心只要有關國外的學術合作，幾乎都由我負責。在很年輕的時候，我就經常搭乘飛機在國內外飛來飛去，也時常遇到許多成大的其他老師。記得有一次在松山機場碰見學校工學院的某位大老——同一個禮拜就遇到兩次，他跟我聊起天來，然後好意奉勸我說：「以你現在這樣的年紀，不應該這樣子在外面跑來跑去，必須好好累積實力。等到做到一定的程度，拿到什麼研究的獎項，或是當到什麼院長後，再出來跑，會比較有意義，前途也會比較好。」我覺得他說得很有道理，但心中又懷疑爲何人生一定要有這麼多的算計？

做這些雜七雜八、資訊安全實務計畫的事情，眞的很浪費時間。尤其這些努力和辛苦，都無法發表成期刊論文，也等於對升等根本毫無用處。但是，我那時候卻認爲，難道做任何事情，都得斤斤計較這對升等有沒有幫助？後來，我大概自己花了一半的力氣，做期刊論文相關的研究；然後，另一半的力氣，就跟著賴老師做資訊安全的實務計畫。

做這些計畫眞的比較有趣，尤其扮演賴老師的替身。當然，有不少同事都覺得這樣不太好，但我自己卻非常樂在其中。賴老師當時是成大計網中心主任。有一次，他請我代表他去參加國內大學計算機主管會議，而那時候的我，甚至連組長的職位都沒有，當時計網中心組長或許沒時間或不願意替他開會。那次的會議中，許多與會的人士對我這種「越級代理」行爲，都相當納悶。某個國立大學的計網中心主任還跟我說：「你還這麼年輕，就當成大計網中心主任了。」我忍俊不禁。這樣的情況不只發生在國內，甚至連在國外，我也有很多大開眼界的學習機會。曾經有一個歐盟的計畫，是由馬來西亞吉隆坡的法國大使館主辦。那晚，我住在法國大使館招待的豪華公寓裡，也穿著燕尾服參加大使館的晚宴，還目睹法國大使授勳給馬來西亞某部長的儀式，眞的非常有趣。

在德國的大學，並不是以期刊論文的發表數量，評斷博士生的績效。但國內的學術生態不同，學術地位的高低，主要取決於論文發表的狀況。那時我卻投注那麼多時間在實務技術方面，而這些心力，皆無法轉化成幫助自己升等的論文。如果一直這樣下來，眞的很慘。所以，我來成大的前五年，自己重要的著作還沒有出版前，每次審查同事博士生的畢業論文時，都感到非常慚愧。因爲那時候他們的著作目錄，都比我還亮眼。但我依然沒放棄實務方面的研究。

後來，另一位前輩謝錫堃教授擔任成大計網中心的主任，邀請我去管理成大的網路，我覺得和自己的研究專長相符，也就不知死活地接下那個行政工作。有些東西到底有沒有用處，當下的你其實還分辨不出來。表面看似有用的東西，可能是沒用的；而沒用的東西，可能是非常有用。要不是當初做那些似乎沒用的計畫，我也不會踏入「資訊安全」的領域，更不會跟著前輩見識到許多世面。

無論在產、官、學界，以我的年紀和地位，原來絕對沒機會能擁有這些視野。但我的積極參與，卻讓我增長不少見識，這是單一目標成就導向的人，很難以看到的目標外事物。就如同侯文詠所講的，他因爲照顧過五、六百個臨終的病人，對人生因而有了很多的反省機會，最後放棄當醫生，去當專職作家。

因為這樣的機緣，我對很多原有的價值體系產生懷疑，更怕自己浪費時間在錯誤的事情上，而對不起自己。後來，開始寫些文章發表在臉書上，書寫的動機，除了希望和我的女兒們在未來可以同齡對話，還希望留給未來的自己閱讀。一般而言，人只重視自己，能夠偶爾看到周圍的人就很不錯了。大家的緣分，只出現在同一時空，自己的人生只能靠自己渡靠岸。看別人臉書的貼文，往往只看推到自己面前的部分，沒人有興趣去看別人幾年前的貼文，通常只有自己會閱讀以前的貼文。

我們沒必要和別人做比較，去羨慕、嫉妒別人。不管有沒有進步或退步，別人對你並不重要，你對別人也不重要。第一名是你自己，最後一名也是。存在同一時空的別人，可能會干擾你原本看清楚的人生眞相。人都是孤單而來，孤獨而去的。

我很想知道自己十歲時到底在想什麼，二、三十歲想的又是什麼？算起來我是用臉書來寫日記的。回顧幾年前留下的生日感言，這幾年應該還算有認眞過日子，尤其是我在寫作方面進步神速。眞的希望時間能緩慢一些，甚至暫停下來。但這是不可能的，只好繼續好好為自己活著，不要被這些同船共渡的因緣和世間所干擾，忘記自己到底想過怎樣的生活。有一年的生日感言，我是這麼寫的：

「謝謝很多人對我的祝福，我以前是很討厭過生日的人。但是有了小孩之後，覺得生日還是應該要過。否則，每天都過一模一樣的生活，時間沒有節日慶祝的記號，日子沒有任何的驚喜。這樣單調平凡的節奏，小孩應該會覺得很無聊，家庭生活也會變得非常沉悶。

我在台大電機所念碩士班一年級時，學期結束前，繳交了一份報告給我的指導教授。大年初二時接到老師的電話，來和我討論論文的問題。這件事情深深影響到我的人生觀。後來，我覺得平常是工作的時間，假日是大好的工作時間。一直到遠赴德國念書，我還是繼續保留以工作為重的生活態度。我總認為德國同學或其他的競爭對手，都來自於奮鬥很多代的家庭，從小都得天獨厚。自己只有加倍努力，才能迎頭趕上別人。我的父母，都沒有機會讀書。他們接受完國民小學的教育之後，就得工作賺錢養家。能有機會可以深造，就應當好好地念書。

在我求學和工作的歷程，我可以說運氣都很好，考試、拿學位、找工作、研究與升等，一路都很順利。認識的人，也都很棒。在精神上或是實質上，都提供我很多的幫助。我真的要感謝很多人。人的一生其實很短，最多只有三萬個日子，不管人選擇怎麼過，日子終究是一天一天地消失了。年輕的時候，總覺得日子過得很慢；年紀愈長，倒覺得日子愈過愈快。

我的經驗告訴自己，三十歲之前，拚了命的奮鬥是值得的。我常常告訴我的學生，不要把時間全部浪費在無謂的消耗上。去做夢，去努力，去愛人，去接受所有的失敗和傷害。中年以後，很多東西就只是左手換右手。無論得到或失去，從表面上或短時間內是看不出來的。人的一生真的很短暫、很寶貴，好好做一個對得起自己的人，不要平白無故浪費時光。要多方面訓練自己，不管在身體上，在精神上，在能力上，或在語言上，都要不斷地認真精進。在任何的環境下，都不要改變正面挑戰人生的態度，要樂觀、要進取，必要時也需要懂得捨棄。」

能活著、可冒險眞是運氣好

世上最著名的斯多葛哲學家，非愛比克泰德莫屬。他是古羅馬時代尼祿皇帝身邊的奴隸，一個肢體有障礙的人。那時候的有錢人，都會養一個有學問的奴隸；就像現在的富豪，養一些顧問和律師一樣。他有一本非常有名的傳世之書，書名爲《語錄》。這本書的內容，是由他的徒弟蒐集他平日所論述的話。愛比克泰德在西元一三五年過世，他的智慧在人類的歷史上源遠流長。有數不清的名人，在自己寫的書籍或演講之中，都曾經加以引用。

《語錄》開宗明義提到，有些事情可以在我們個人的掌控之中，有些事情則不行。對於能夠掌控的事物，要接受、理解，要有行動的意志，要有渴望。必要時，也要能夠拒絕。由自己產生的行爲，要爲一切後果負責。不能掌控的事物，包括我們的身體、名利和社會地位，並非由我們來決定，所以我們就不必完全負責。

這一段話，非常簡單易懂。大意就是要我們能理解什麼是能夠改變的事情，什麼是不能改變且一定得接受的事情。然後，我們要有足夠的智慧，能夠區別這兩者的不同。

另一位深深啓蒙我的人物是卡繆，從我念大學起，就非常喜歡的一位法國哲學家。他強調自殺是唯一嚴肅的哲學問題，主張人生是荒謬的，所以需要尋找存在的意義。他一生非常擔心自己會死於意外，無論做任何事情，都小心翼翼，尤其自己從來不開快車。

在一九六〇年的一月四日，卡繆打算帶家人去巴黎，連火車票都已經買好了。當天，跟他長年合作的出版社老闆加利瑪，剛好過來拜訪他，說可以開車載他一程。卡繆接受了邀請，而他的家人仍然乘坐火車。結果不幸輪胎爆胎或車軸斷裂，致使汽車撞上了一棵大樹。卡繆當場死亡，當時只有四十六歲，而幾日之後，他的出版商朋友也在醫院宣告不治死亡。

當然，有關於卡繆的死，有一說主張這並非因爲純粹意外，其實是被前蘇聯的情報機構KGB特工暗殺而身亡，用來報復他的反蘇言論。無論如何，卡繆在死亡的前三年，拿到諾貝爾文學獎。他的死亡，呈現出一種荒謬的情景。這樣的車禍，爲他不平凡的一生，畫下一個戲劇性的終點。每次我想到卡繆的車禍身亡，也會聯想到自己人生中幾次生死交鋒的場景。

我從小多災多難，尤其小學中年級那段時期，除了常常打架外，還曾經從高處跳下咬穿嘴唇，下顎破相，手臂骨折兩次。之後，也曾因爲憤怒，拿小刀追殺同學。那時，肢體經常大小傷接連不斷，這是我的人生最叛逆、多事的階段。

大學時代，有一次我三更半夜，從新北一路騎機車回台北。道路上有一個工程的大坑洞，但路面竟然完全沒放置任何的警告標誌。我不愼連人帶車摔到洞中。幸虧人有及時跳離。雖然機車全毀，但人受輕傷，虛驚一場。

還有一次，發生在升等副教授的慶祝晚宴。本來以爲只會喝點小酒，但沒料到才幾滴黃湯下肚，我就醉了。因而失去判斷力，竟讓一起喝酒的同事，騎著摩托車搭載，回到成大的宿舍。兩個沒戴安全帽的醉漢，一路沿著快車道呼嘯而過，其中有一段路竟然還逆向飆車，眞的很危險。

另一次是發生在國外的機場。爲了趕時間，我在非計程車搭載區域，坐上一輛奇怪的計程車。離開機場幾公里外的地方時，司機突然停車，讓一位體格健壯的高大猛男上車，坐到副駕駛座，讓我覺得很不對勁。快要到達目的地前，司機除了跟我收取比正常貴一倍的車資外，又將我身上所有現金洗劫一空。

這些往事，都不是我例常生活會發生的事件。至今的我，還記憶猶新，那種驚悚的感覺猶在。因爲事情發生的影響力，並不在於時間的長短；而是在發生之時，對自己內心所造成的衝擊強度。

無論是否冒險，當我們做每一件事情的當下，都充滿一些不確定性的風險。這些風險，通常無法在事先就明瞭，也不可能對結果勢將如何，具有百分百的把握。到底該怎樣用智慧去明辨，什麼是自己可能排除、可以改變的，什麼又是自己無法排除、無法改變的，是非常困難的問題。人生有趣的地方，也就在於這種不確定性。如果沒有實際去嘗試看看，怎麼可能知道，最後結果將如何呢？

人的一生，很多時候往往需要選擇要不要冒險，思考自己能否承受冒險後的結果。冒險的後果，雖然有時候會令人後悔；但有時候不去冒險，也同樣會讓人非常懊惱。甚至有些冒險，是我們在不知不覺中、當下完全不知危險的狀況下進行的。等到事情發生了之後才發現到，原來這是不能做的事情，但也已經無可挽回了。

每一個養過小孩的人，幾乎都聽過一句話：小孩能夠平安長到這麼大，眞的都是運氣好。其實不光小孩，我們每一個人都可能是同樣的情形。因此，我也覺得自己能夠活到現在，也全都是運氣，一切都需要感恩。

該冒險，還是放棄？

恆毅力，一直被認爲是比智商、情商或運氣，更加重要的成功因素。生活就像跑一場馬拉松，而不是短跑。但是如果過度堅持任何事情的話，即使本來是有益的東西，最後都可能對自己或他人造成傷害。舉例來說，人必須在合適的環境中，以正確的方式，使用恆毅力。恆毅力是一種生活方式，人不能三心兩意、隨便放棄，但也不能過度堅持，把恆毅力搞成「執拗」，最後變成「愚蠢的勇氣」。這眞的很難，對不對？

二〇二〇年三月，肺炎瘟疫的發展情況，還是不太明朗。我在連續跑了四天十公里之後，天氣突然轉冷、下雨。長期來說，跑步會增加抵抗力；但剛跑完之後，短期內抵抗力可能反而會下降。加上考慮到搭乘火車可能發生的感染，本來我希望打破自己連續跑步天數的紀錄，但後來在持續下雨的第五天，就放棄了。放棄，也是一種恆毅力，只要之後還將再繼續。

世界男網球王喬科維奇與妻子伊蓮娜都確診 COVID-19 肺炎。而喬科維奇日前主辦的網球賽，確定成爲防疫破口，目前已出現六位參賽選手也染疫的狀況。許多朋友都嘲笑或譴責他，例如「對於這種不聽醫生話的人，也不知道該說什麼」「肺應該會有輕微纖維化，球王的職業生命應該也結束了」。

在瘟疫蔓延的情況下，身在台灣這個人間樂土，竟然還可以自由自在去觀看日環食。置身於故宮南院滿滿的人潮之中，對於世界上疫情嚴重的地區，人民的眞實感受到底如何，實在非常難以想像。

雖然我不是職業運動員，但在這場瘟疫來臨之前，我每個月至少都會參加一場馬拉松的比賽；瘟疫爆發之後，每天仍然持續進行每天日常的訓練，雖然月跑量並沒有減少，但是沒有賽事參加，眞的覺得日子過得非常苦悶。日常的生活訓練，從週一到週五，這已成爲我規律生活的一部分。但是參加馬拉松路跑賽，就好比是我每逢禮拜六、日的週末休閒。人生不能只有日常的規律活動，應該每隔一段時間，就安排到溪頭、墾丁、阿里山等觀光景點去度假，這就是我在參加國內路跑賽時的一些想法。

特別是工作一段長時間之後，寒暑假來臨了，應該出國到巴黎、倫敦、柏林或維也納等地，去體驗異國風情。這是我透過參加國外路跑賽時，順便安排的幸福旅行。當然在瘟疫還持續擴展的時刻，這些想法根本只是奢望。

球王自辦網球賽的做法，當然是冒險。但他如果沒有冒險的精神，以及挑戰不可能的精神，也不會成爲網球界的球王。然而，冒險的界線到底在哪裡？這個世界到處都存在風險，甚至去溜直排輪或是和女兒去泛舟，都有可能因此一去不回。職業運動員不爽隔離的政治限制，主辦了這場比賽，導致這樣嚴重的後果，就我看來，這本來就是人類的常態。

我在肺炎瘟疫之前的最後一場馬拉松，是台北渣打馬拉松。更早之前，妻子和我雙雙都放棄參賽日本的京都馬拉松，現在反而感覺有些遺憾。畢竟那時候的主辦單位，並未宣布賽事取消，許多台灣人仍然去跑，也都平安無事，爲什麼自己要因爲害怕而自行棄賽呢？

根據消息理論，熵和發生機率的倒數有關，意即機率愈小，隱含的消息量愈大。冒險的界線不也是這樣嗎？通常能夠完成愈危險、挑戰度愈高的事情，得到的收穫也就會愈大。當然要相信專家說的話，也是非常重要。可是專家的權威到底有多可信？針對這場瘟疫，最權威的專家，不應該就是世界衛生組織的那一群人嗎？但他們的發言卻反反覆覆，不能提供即時正確的指引，實在令人無所適從。

人生，經常需要選擇要不要冒險，還要承受冒險之後的結果。雖然冒險之後的結果，有時候會令人悔不當初、痛不欲生；但有時候選擇不去冒險，卻也會讓人後悔莫及、悔恨交加。

23421
Li

5 chapter 第五章

孤獨思考之必須

足球就像每一個平凡的人生

足球是德國的國球，是該國的流行文化之一。德國國家足球代表隊，被譽稱爲世界上最有名的國家足球隊之一，是一支曾經四次奪得世界盃冠軍的球隊。我在德國念書時，不能免俗地也喜歡上足球。德國足球聯邦聯賽，通常稱爲德國甲級足球聯賽或簡稱德甲。他們的賽事，可以說是許多德國民眾日常生活的一部分。更不用說歐洲足球聯賽或世界盃足球賽，只要是比賽期間，一定會造成一陣瘋狂。彷彿其他事情都變得不太重要，大家談論的話題，都集中在足球賽上。德國總理也會坐飛機到賽事現場，爲德國國家足球代表隊加油打氣。

我曾經在世界盃足球賽時，透過臉書貼文，分享我對足球的看法：

足球運動非常有趣，場上二十二個人常常跑了九十分鐘，甚至一百二十分鐘，可能都沒有人得分。即使得分，分數往往也都很少。德國的知名球評曾經說：足球比賽的過程，就是無所事事，但足球賽卻是無比刺激。球滾來滾去、傳來傳去；全場的運動員也跑來跑去、踢來踢去。球迷們全神貫注盯著球看，全場視線幾乎沒有一秒離開那一顆球。不懂足球的人，往往覺得參加足球賽的雙方，比數這麼少，常常都只是零分或一、兩分。這樣怎麼可能會覺得緊張、刺激呢？其實，足球最吸引人的地方在於，它非常像每一個平凡人的人生。每年東奔西跑、忙來忙去，長時間在平淡無奇的生活之中，只能擁有一、兩次精采射門的時機。射進了上天堂，沒進就下地獄。足球的非理性時刻，是它真正神奇的力量。

歐洲是存在主義的發源地，足球其實就是存在主義。足球運動和其他所有的團體運動，主要差別在於使用手和腳的不同。用手的比賽，很容易掌握、控制；用腳，卻十分困難。足球也是失敗的遊戲，沒有一種比賽像足球，這麼強調負面和失敗。被對手進球的失敗，才是影響勝負的關鍵。如同存在主義的觀點一樣，我們每天都生活在失敗當中，在人的一生之中，其實失敗比成功扮演更重要的角色。同時，足球也讓人們體會生命的困難、以及人生的不公平。我們用不熟悉、難以控制的腳來踢球射門；球門的守門員卻用熟悉、完全可以控制的手來阻止對方射門。這和人生的天生不公平，不是非常類似嗎？

足球，也是康德美學中所謂無意義的趣味性。在一場虛構的戰爭中，強調團體之間的相互合作。在無數的傳球當中，突然一記的射門，同時展現出那種團體合作和英雄主義的精神。射門成功，是進攻者的英雄象徵；射門失敗，是防守者的英雄象徵。沒有任何一種運動比賽，比足球更能顯現防守者的英雄主義；也沒有一個像足球守門員一樣防守的球員，能夠享受到最英雄式的歡呼。

此外，足球所需要的團隊合作精神，更是無與倫比。在訓練期間，選手們必須學會適應隊友的動作，預測他們的反應，進行聯合攻擊或防禦的動作。與隊友之間的默契，更是非常重要。即使只能憑藉感覺，彼此無法觀察溝通，團隊必須互相信任。在比賽時，不管是否在緊急情況下，防衛對手的攻擊，或是取得千載難逢的進攻機會，每個人都要能以閃電般的速度，做出正確的反應。

足球哲學的根本，就是在失敗中生存。而失敗是人生的常態，我們肯定都曾經失敗過，也會在未來某個時刻死亡。如何在失敗中生存，是人生最重要的課題。足球這項運動，需要一群人共同面對失敗的挑戰。在我們享受觀看球賽的同時，不只欣賞足球明星們的技巧和團隊精神，也彷彿看到我們人生的縮影。

因此，這項運動才會如此充滿魅力。

死亡賦予人類美麗和恐懼的瞬間，卻也爲時間帶來意義

二〇二〇年初，我第二次到日本九州的別府公園跑步。記得上次來日本別府時，是在二〇一八年初，我才剛開始跑步兩個月的時候。那時，在不到十度的氣溫下，接近兩個小時，卻只跑了十二公里多一點，算是相當緩慢。後來去參加研討會的晚宴，因爲太晚到，自助餐的菜餚已被別人一掃而空了，只剩下白飯可選擇。由於前一次不好的經驗，這次我學聰明了。在吃完晚宴之後，精力飽滿的狀況下，才去公園跑步。這次只花費八十分鐘的時間，就能跑完十多公里，算是進步了不少。

由於上次同行的蘇教授，在此次行前不幸突然過世，我在別府公園跑步的心情完全籠罩在死亡的陰影之下。首先，我覺得大學教授眞是一種不健康的職業，因爲做研究需要不斷創新，精神壓力相當大。工作的內容不管是發表論文、申請研究計畫或提出升等，不是被人審查，就是審查別人。內心不夠堅強的話，常常會處於情

緒不好的狀況。再加上工作很勞心費神，幾乎整天都是坐著，藉由抽菸、喝酒或美食來麻醉自己的人，更是所在多有。因此，不少的人在健康或家庭關係，或者兩者全部都亮起紅燈。

實際上，每種職業都一定有好和不好的一面。不管從事哪一個職業，人最終都要面臨死亡。中國人，尤其是儒家，常常避開思考死亡的問題。因此，對於自由、人權和民主的觀念，和西方有很大的差別；對於生命意義的看法，也有不同的核心價值。

活在死亡的陰影下，並不愉快。人處於這樣的狀態，心情必然相當沉重。知道人終將一死的事實，會影響自己對於生命和價值的選擇。逃避不去思考這個問題，並不理性。但反過來，時時刻刻將這個問題放在心裡，也不是合適的做法。在寒冷、陰暗的別府公園裡，一個人獨自跑步，再加上兔死狐悲，算是一個適合思考死亡的環境。

死亡，賦予人類美麗和恐懼的瞬間；唯有死亡，才讓時間產生意義。叔本華說：「年輕人的快樂和勇氣，部分原因在於正在走上坡路，看不到死亡，因爲它位於山的另一邊。」而對於正在或將要走下坡路的我們，感受到死亡的陰影，比年輕的時候更加強烈。康德說：「只要有人還記得你，你就不算死亡。」死亡並不可怕，但是對死亡的想像卻非常可怕。

恐懼死亡，會帶來積極的人生態度。我們常常浪費時間，眞正的原因是忘記自己會死，以爲生活永遠像此時此刻般不會改變，沒有意識到時間一點一滴在流逝。我們接觸到每一個人或與某個人之間的互動，或許都可能是最後一次。對死亡的看法，重大地影響我們的生活。如果我們認爲死亡的距離愈遙遠，就會愈理所當然地浪費寶貴的時間。

人生應該要追求什麼？什麼才是眞正值得追求的快樂？這些是每個人都得面對的問題。人因爲想法而決定行爲舉措，如果你覺得生命非常長久，甚至還有來世，跟你覺得生命非常短暫，僅僅只有一次，這兩者觀點的不同，將會嚴重影響你回答前述問題的答案。

如何思考？

有一次我在哲學星期五演講，題目是「一個電機系學生的德國留學之旅」，直播的錄影在短短幾天之內，觀看人次竟然超過四千。我毫無準備、講話吞吞吐吐、詞不達意、思考邏輯跳躍，竟然被那麼多人看到，早知道就不要答應直播。講完之後，現場有個朋友問我，爲什麼孤獨才能思考？我簡單地回應：「孤獨才能與自己對話，如果沒有一個人獨處的時間，基本上很難深刻地思考任何問題。」回答了這個問題以後，有另一個現場觀眾接著再發問：「如何思考？」這個問題遠比前面那個問題，還要困難百倍以上。思考不是胡思亂想，的確要有一定的方法。我不知道自己是否夠格談論「如何思考」這個問題，但是反正我的臉書總是寫一些自己的想法，也幾乎沒有從這些想法中得到任何稿費。只好硬著頭皮不負責任、勉強以下面自己的經驗，來回答這個極艱難的問題。

只有孤獨才能夠思考，那要怎麼思考，人總不可能從不會思考的一瞬間，突然就變得會思考吧？

這個問題問得相當好，其實在台灣這種塡鴨升學主義下，許多眞正用功念書的學生，都能瞭解爲何要塡鴨的道理。這就像我們中學念理科，尤其是數學，如果單靠塡鴨念書的方式學習，認眞去瞭解許多問題，把別人解題的方式都研究清楚——像念英文或國文那樣，你的成績會不錯，懂得舉一反三，大概就能進入全班前幾名內沒有問題。

但是，如果你想要排名全班第一名，甚至是全校第一名，遵循這樣的做法，恐怕沒有辦法達成。有許多成績非常好的學生，都是看完課本的定義、定理和證明之後，就開始進入解決問題的過程。這樣一開始念書時速度很慢，但這種思考邏輯的訓練，是增進自己能力的好方法。但想要做到超過舉一反三以上的程度，通常都要憑藉這樣的方法。尤其能夠成爲全校第一名的關鍵，就在完成前面一〇%的難題。一般平常難度的問題很容易防禦，只有訓練自己具有超越觸類旁通的能力，才能去應付最困難一〇%的問題。

我的高中數學老師曾經講過，如果你沒有思考一個問題超過三天以上，就等於根本沒有思考過任何問題。這句話影響我非常深遠。並不是每一個人都需要成爲全校第一名，但是針對人生的問題，每一個人都必須學會思考，而且每個人思考的層次會有不同的差距。

在現實的生活裡，除非是所謂的數學家，不然很難有機會去解決數學問題。那要如何開始訓練自己思考？我覺得第一步就是要先分清楚事物的輕重緩急，尤其對於有限的時間，要知道如何安排優先順序。如果連這個問題，你都沒有認眞地去面對，很難進一步去思考其他的問題。或者說，你思考其他的問題，都像蓋在沙堆上的城堡一樣，缺乏現實感。

第二步，就是要廣泛地閱讀，這個就跟去瞭解數學理論的定義、定理一模一樣。思考不可能憑空想像，尤其在沒有背景知識和相關訓練的情況下，能夠思考的深度和廣度，就一定會受到限制。念書要挑選一些有深度和難度的書籍，並能像卡夫卡說的一樣，讀書要像一把斧頭，劈開自己冰凍的內心。

在思考困難問題的時候，一定不像走一條筆直暢通的大路，而是需要繞過許許多多的彎長小徑所形成的迷宮。人們需要在前前後後、左左右右錯過的嘗試後，才能順利通過迷宮的考驗。在這種過程當中，我們就會學會換位思考，也能增強自己的同理心。

當積累了前面的那些過程之後，你會慢慢地熟悉某個領域，開始養成能夠在迷宮裡面找到捷徑的技巧。第一個出現的只是直覺，這個想法不一定會通到最後的出口，但是可以視爲走出迷宮的起點。一般而言，你愈熟悉這個領域或相關的人事物，你的直覺就會更加準確。

第三步，用外國語言思考。當一件事情用英文或德文來描述的時候，枝枝節節通常就會被拋棄，而這些枝枝節節的岔路，正是影響你無法走出迷宮的關鍵之處。而且運用不同的外國語言來思考的時候，這些思考的腦細胞，跟平常的位置似乎不一樣，如此能帶來不同的思考模式。

第四步，找一處風景美麗的地方，或是放上優美的古典音樂。當年，我若不是在柏林博物館島和柏林大教堂走動思考，恐怕我博士論文的想法，沒有那麼容易產出，更無法順利畢業。看著宏偉富麗的大教堂，穿梭漫步於博物館島和菩提樹下大街，當然還有布蘭登堡門，都會讓人思考更加順暢。孤獨，不一定是置身在人煙罕至的地方，而是一種讓頭腦維持清醒運作的狀態。

第五步，當然就是跑步。當你想要思考的時候，可以嘗試去跑步。在現實的世界裡，跑一場馬拉松，是快速進入孤獨思考狀況最簡單的方法。如果不能跑步，也可以散散步、爬爬山。

最後，有個特別要注意的地方，思考一定要設定期限，而且腦筋絕對要保持清醒，不能有酒精或大麻爲伴。一般來講，期限是三天，三個月可能是極限。如果長達三年的話，人應該會發狂。人要會思考，但思考不一定有答案。當你學會思考之後，恭喜你將從無知且快樂的人生，變成比較有深度但痛苦的人生。然後，你會再想辦法找到自己救贖的出口。

爲什麼「簡單」這麼「複雜」？

我們常常把「簡單」，誤解成可以完全掌控。現代人擁有的東西，實在太多。那天我們家小女兒很羨慕地跟我講：「你總共有四支手機，眞的好棒！我可是連一支都沒有。」這十多年來，我的確使用了四支手機。以我兩、三年換一支手機的速度來看，我並不是手機狂，應該有很多人跟我一樣，擁有很多支堪用、但卻不好用的手機。德國的一項調查顯示，一個德國人平均所擁有的物品大約是一萬個。爲什麼會有這麼多東西呢？因爲我們活在資本主義的世界裡，資本主義需要經濟成長，經濟成長需要消費。於是，每個人都擁有比需要更多的東西。

一般人都能瞭解，精神上的簡單，是健康的重要關鍵因素。複雜的人際關係和工作壓力，雖然有助於職涯上的成長，但通常對健康有害。我在國家高速網路與計算中心擔任副主任兼資安長時，有一年的年底，祕書搬了一箱東西，放到我辦公室的會議桌上。原本以爲是一大疊的公文，但打開一看，裡面大約有四、五百張空白的賀年卡，看到這一堆賀年卡時，我眞是傻眼。直覺聯想到德國漢斯馬丁夫婦每逢聖誕節時寄來的信。他們年年都寫聖誕卡給自己的親友，卡片中夾帶著一封長長的信，敘述自己前一年多采多姿的生活。利用這種方式，讓自己可以用心規畫時間，並且認眞生活。

後來，我去翻自己的名片簿。發現因工作所產生的人際關係、交換過的名片，還眞是爲數眾多。本來想把這些名片簿交給祕書，請她幫我把信封上的住址和姓名印好，然後我在卡片上親自簽名。但如果這樣做，祕書將花費一、兩天的時間，我也可能至少需要花一、兩個小時。我問自己這樣做的目的，原因到底是爲什麼？讓自己在未來一年內，能有動機去活得更精采嗎？但卡片並沒寫上任何文字，只是簽個名，這樣代表什麼訊息？「我很忙，但還是想到您了」「我是一個有基本禮貌的人」「大家都是好朋友，有機會互相提拔」……想了想，最後，我把整箱賀年卡又搬了出去，請祕書小姐發給其他有需要的同仁。我自己連一張都沒有寄出去，眞是一個沒有禮貌、不社會化、驕慢自大、難以相處的怪人。

現在的世界非常複雜，每天都有很多的創新和變化。在這個混亂的社會體制裡，做任何選擇，想要尋求心靈或生活的平衡，都不是一件容易的事情。就像走在鋼索上，隨時都可能會掉下來。即使只是做一個簡單的選擇，後來可能會得到複雜的結果。因爲我們完全不能掌控的是命運，這樣做決策的背後，最需要的仍然是勇氣。更何況很多人沒有選擇的權力，只有那些有選擇的人，才能過減法生活，承受簡單的結果。

「簡單」本身並不單純，而是知道如何讓放棄和實踐兩者並行。簡單的人，他們的目標在尋求空虛，而不是豐富。一個人，要能將自己的欲望與社會的要求，清楚區分開來，才能發現如何追尋簡單的要領。「簡單」很難外求，但人人可以追尋它。人生如果要能更豐富、寬廣，當然「簡單」一點也不簡單，追求起來十分困難。不過，「簡單」是一個値得追求的目標。

自己主動讀書比別人幫你念經有趣

那一天交大林盈達教授說，他羨慕我可以探討很多問題，不論自然科學和社會科學都有一定的知識水準，好像我同時開發了左腦與右腦。我看著家裡好幾面牆壁書架上站立的書，想到自己並非成長於書香家庭。記得爸爸好像只有一、兩本書，其中有一本叫做《無店鋪生意》，就是財務槓桿之類的東西；我三叔有一些黑道的社會情色小說；四叔有幾本佛經的故事。此外，我的原生家庭裡就沒有其他書了。

我成長的過程，一直到高中畢業，手邊大概只有學校的教科書和參考書。高二的時候，我選擇念自然組。但爲了填補從小自卑的心理，總是要求自己每一門學科都能維持在第一名的成績。不光自然科學方面，連社會組的科目——歷史、地理、公民、三民主義等等，我也都非常認眞地念書。

認眞地念書，到底該怎麼念？我從國中一年級開始，就把日本教師田中光一的《讀書三十六計》這本書放在身邊，並當成教條般遵循。其中的第六計「把教科書當作最好的參考書」，講的就是「自學之樂」。作者說一般人對教科書有一種先入爲主的偏見，不是把它當成被老師強迫要看的東西，就是認爲考試時看到就會頭大的東西。

作者又說：「你何不對視爲畏途的課本，來個觀念上的大改變，將它當作自習時的最佳工具？」也就是說，在老師還沒講到課本那些內容之前，自己就先來預習。如此一來，就會對課本，產生類似珍惜自己的腳踏車、溜冰鞋般的那種感情。不僅如此，由於搶先踏入別人還沒研究的內容，完全靠自己的力量，讓自己每天向前邁進，這樣就會產生類似優越感的情緒，會自然而然對自習的內容產生莫大的興趣。

因此，無論是自然或社會科學，我都是先自修完課本，然後再聽聽看老師講得對不對，或有沒有道理。自己先學習和思考之後，我慢慢發現老師有很多地方都講得不對，或是用不是那麼高明的方法來解決問題。

無論是自然或社會科學領域，每一門學科我都歷經過預習、自學的學習過程。這應該不算超前學習，只是自修的內容，一直維持在老師上課的進度之前而已。我感覺自己靠自學長大，而不是聽老師講了什麼。在這樣的讀書過程中，的確比別人幫你念經更加有趣。不過，這就跟跑步一樣，可能需要一點恆毅力。

當然，我早就擺脫了家裡只有教科書、別無他書的困境。妻子和我都是愛書人，也經常買書。某個星期天，她發現我《那不勒斯故事四部曲》已經看到了第三冊，驚訝地說，這套有關女性成長的小說，她雖然很想讀，但都還沒有找到時間讀，卻被我捷足先登，看完了兩冊。她覺得我眞厲害，這種女人之間的友誼故事，竟然能看得津津有味。我回答說，只要認眞讀過尼采的《善惡的彼岸》，之後再看任何書，都會覺得非常有趣。何況斐蘭德這套書寫得非常好，能深刻描繪感情和人性，眞令我大開眼界。我很感謝妻子購買這套書，不然我完全不曉得有這樣的書。

讀書是一種思考的過程。不管是數學、物理或歷史、地理，眞的都非常有趣。如果發現、瞭解和解決問題都是靠自己的力量，一旦養成良好的習慣之後，就永遠不會放棄。一開始，我只是非常功利地想要撫平自己的自卑感，讓每一科的分數都能很高，可以維持第一名的地位。可是，因爲這樣的想法和學習的方式，讓我不像許多同學一樣，對讀書產生厭惡感，變成只對自然組或社會組單一類科感興趣。後來，無論念任何領域的書籍，我眞的都覺得很有樂趣。

人類眞是一種奇怪的動物。一件事情的本質，主動和被動探索的不同，就會產生巨大的差異。跑步如此，讀書也一樣。自己主動去探索，願意執行才是最重要的關鍵。否則，別人再怎麼逼迫、推動，也毫無用處。最後的結果，不是跑步懶惰不跑，就是對讀書倒盡胃口，這是多麼可惜的事情呢！

我在尼采的精神三變中，變成了一隻貓

尼采的精神三變，是從駱駝變成獅子，再從獅子變成小孩。這裡的駱駝、獅子、小孩，分別象徵三個不同的階段。這三個階段，也意謂超人誕生的過程。

第一種轉變中的駱駝，代表「謙卑的頭腦」。駱駝的價值觀是虛心向上、自我克制、節儉、服從和對不利情況的適應能力，能接受磨練、刻苦耐勞，並且努力訓練自己面臨困難的承受能力。

從駱駝變成獅子，其目標是透過艱難的規律要求，想辦法獲得權力、獨立和自由。因此，在獅子的階段，建構永恆的反抗，即是做所謂的「永遠的反對黨」。勇於突破道德、價值、權威的枷鎖，形塑自己的準則。

然而，由於獅子不能採取建設性行動，而只能做出破壞性行動。因此，必須進行第三次轉型，以重建價值的道德世界。在克服舊價值觀之後，小孩代表原始純眞的新起點，成爲新的創造者。

在尼采這種「永劫回歸」的思想中，小孩是一個人永恆發展的起點和終點。超人其實是嬰兒，他同時具備所有脆弱性，也擁有所有解決困難的力量。

想一想，你現在處於精神三變的哪一個階段呢？人們所崇拜的政治人物，不管是誰，又是在精神三變的哪一個階段？大家可以檢視一下，或許能夠找到一些有趣的發現。有朋友問我精神三變，我在哪一個階段？我說我當過駱駝，參加那些公民運動；跑了馬拉松，有一陣子又變成了獅子；但是終究沒有變成嬰兒，而是成爲一隻貓。

變成一隻貓，是什麼意思？這個世界上最有名的哲學貓，應該是薛丁格的貓。薛丁格是奧地利人，這隻貓應該聽得懂德文，甚至還會講德文。齊克果說：「生命只有走過，才能瞭解；但是必須往前看，才可以活得下去。」已經歷經的歲月，無論是精神三變中的駱駝或獅子，用心生活的人或許能體會，但是對於未來，我們仍然還是一無所知。人生就有點像薛丁格的貓，一旦經歷或實現之後，就消失得無影無蹤。

之前我曾講過，要是有老外來成大，學校叫我去招待的話，我喜歡帶他們去安平樹屋那邊。那邊的牌子有一句話：The use of useless is very useful.（無用之用，

每一天，在全台的秘密基地裡，都有不同的故事在發生

Love X Story **一張寫給爸爸的母親節卡片**

母親節前的某天上午，秘密基地的電話鈴響了，話筒的那一端傳來微弱的聲音，喊了一聲「老師」，說他是蓁蓁的爸爸，要住進加護病房了！由於時間不多，希望可以先跟老師說一下，以免發生萬一……

Love X Story **我們不是專家，但是都專門愛小孩**

眼看著整個教室要被高漲的情緒風暴淹沒，基地老師一把抱住小晴，用所有的力氣緊緊抱住她，很專心地抱著她，被抱住的小晴僵著身體呼吸急促，老師一邊陪她一邊等待她漸漸平穩下來……

Love X Story **紙箱男孩的真實色彩與斜槓日常**

阿哲，剛升五年級，被診斷出有妥瑞症的孩子。自從在基地老師關愛的「寶座」上得到肯定和學習動力，有時，完成自己的功課後，阿哲會教一年級的學妹，陪她慢慢地一遍遍念出注音符號的拼音……

加入我們，陪伴孩子安心長大

來到秘密基地的孩子或多或少都帶了點「傷」。這些孩子們生活中的變動和不確定總比一般的孩子多一些，也因此常會從孩子的眼中看見警戒與疑惑。如何讓孩子安心，「建立關係」是重要的第一課，基地老師們用心陪伴和照顧，尊重孩子的步伐，給予孩子空間以外，還需要再加上時間的考驗下才有機會讓孩子放下心防，而我們認為「孩子在安心之後，學習才有機會化為成長的養份」。

陪伴孩子的過程中，不間斷穩固的力量很重要，邀請您和我們一起成就這些改變的故事，在孩子成長的過程中，成為他的靠山，陪他走一段路，等待他長出羽翼，成長茁壯。

更多愛的故事

立即行動支持

是為大用）。從這裡可以開始討論人生的荒謬和卡繆的存在主義。卡繆認為：人生是沒有意義的。在沒有意義的人生當中，要設法去尋找意義。沒有意義的人生卻不能選擇自殺，還高談闊論要走所謂的第三條自殺的路。肉體自殺或精神逃避，都不能解決問題。只有積極奮鬥，才能對抗荒謬的人生。

那天，家裡小朋友問我：「一個長方形的體積是什麼？」我說平面的物體不會有體積。這跟人生有沒有意義，可能是同一類的問題。或許生命本來就沒有意義，而我們必須和這種沒有意義和平共處。長方形不能夠擁有體積，這就跟生命不能夠擁有意義是一樣的。討論這樣的問題，是不是白費力氣？

有些獨裁者或宗教家，提出有關生命起源的意義說——生命的意義，在創造宇宙繼起的生命。但我在看了尼采、卡繆和沙特的著作之後，再加上自身的體驗與思考，完全無法接受這樣的哲學觀。尼采自稱是歐洲第一個徹底的虛無主義者；卡繆認為人生是荒謬的；沙特強調人生的苦悶、被遺棄與絕望。

雖然感覺人生沒有意義的人非常多，但許多人根本就沒聽過存在主義。存在主義這種東西，本來就是念過書的知識分子，賣弄自己對理性的感覺。心靈是從感覺和體會而來，順乎內心的呼喚；理性來自系統性學習和邏輯訓練。理性對於知識的吸收和運用，相當重要。但是如果只能聽從理性的聲音，往往因爲沒有足夠強大的心靈來駕馭理性這輛馬車，最終將被理性所奴役。

變成一隻貓，比變成嬰兒還好，嬰兒與貓通常得到同樣的待遇。但是，嬰兒總會長大，喪失掉食物自動被餵到嘴巴的權利；貓則永遠不會。貓是如此的高貴，把周圍的人都視爲貓，主人是服務牠的同伴。不像可憐的狗，自以爲自己是人，需要搖尾乞憐、尋求主人關愛的眼神。沒有什麼比當一隻可愛的貓，更快樂了！

我害怕生爲原創、死爲複製

「論文千萬不要抄襲別人」，恐怕是每位指導教授，都會對研究生不斷叮嚀的事情。論文是這樣，人生是不是也應該要這樣？所有的人，從母親子宮離開，出生到這個世界上的時候，都是一件原創的作品。但絕大多數的人，在死亡的時候，卻變成一件複製品。

出生後，大多數人成長的過程，就像柏拉圖的「洞穴寓言」裡的奴隸一樣，手腳被綁著、頸部被鐵鏈固定住，只能看往同一個方向，眼睛只能模糊地看見一片由陰影構成的牆壁，這是我們對世界的瞭解。雖然「洞穴寓言」寫在二千多年前，但直到今天，每天都仍然有人在談論柏拉圖。只有手腳和頸部掙脫鎖鏈，勇敢地往上爬出洞穴，才能瞭解這世界有陽光、色彩、溫暖，而不光只是陰影。

柏拉圖很早就告訴我們，人的感官是不可靠的。這世界上有很多東西是我們的身體、感官所無法接受到的，像正義、美麗、善良等等。重要的是，我們所能夠思考到的內容，而不是我們看到、聽到、聞到或摸到的實際物體。人的身體感覺是會欺騙自己的。我們看不到正義長得是什麼樣子，也畫不出什麼叫做善良，但透過思考，我們能夠理解。這是生在二千多年前的柏拉圖告訴我們的事實，二千多年後的今天依然沒有改變。

柏拉圖認爲民主不可靠，人的感官是會欺騙人。沒有深刻思考的一般人，其思想會隨時飄移、千變萬化。因爲人們會不斷地改變主意，所以在這樣的政權體制底下會出現煽動家。唯有逃出洞穴的哲學家，才能夠治理國家，這就是所謂哲學家皇帝的概念。但這世界上到底誰能清楚分辨，誰是哲學家，誰又是煽動家呢？

講到民主，有錢跟沒錢的人同樣一人一票，有思考跟沒思考的人也一人一票。這的確不是一個完美的制度，但它經過歷史考驗，是人類最好的國家運行方式。民主的問題太大，我們改談複製——我們能不能在死的時候，不要成爲是否曾經存在於世界都無所謂的一個複製品？

有一個德文字叫做「Kitsch」，這個字在昆德拉的《生命中不能承受之輕》曾經出現過。「看到小孩奔跑，不由得 Kitsch 地流下兩行眼淚」。這個字中文一般翻譯成「媚俗」。其實，這個字是起源於德文的一個動詞「verkitschen」，

「verkitschen」的原意是「迅速賤賣」。就好像在巴伐利亞的觀光業盛行，賣給觀光客的很多紀念品一樣。尤其是手工藝品或圖畫，一些粗製濫造、大量生產的紀念品或畫作，所謂不是藝術的藝術品。雖然品質粗糙，但可以迅速完成且便宜地賣給觀光客。如此的賤賣行爲，就叫做「verkitschen」。

媚俗，有時候是一種感傷。把一般人的感情和反應，當成是自己的感情和反應。但是，廉價可以很快地得到一般人認同的情緒和撫慰。Kitsch是一種懶得思考的態度、不重視邏輯事實、不願多次品嘗和審視、不求甚解、不從其他的角度看待物品本身，一種直覺、懶惰看待藝術的方式。

如果每天匆匆忙忙，好像要成就什麼事情。往往最後的結果，就是一事無成。每天做事似乎都很有效率，例如，一下子就完成一本碩士論文，五分鐘觀賞完一部濃縮電影，三分鐘閱讀完一本書籍，一分鐘看完一場棒球比賽。像這樣的生活方式，完全沒有辦法產生原創。我是非常擔心，會不會在自己死的時候，只是一件沒有必要存在的複製品？這樣是不是很對不起，在媽媽生下我時的那件原創？

孤獨或團練

《那不勒斯故事四部曲》的第一部「我的天才女友」中，作者斐蘭德在一開始引用了歌德《浮士德》的名言。

上帝：屆時你盡可自由，我從未嫌惡你的同類，在所有魯莽無知的生靈裡，滑稽無賴惹的麻煩最少。人類的活力太易萎靡，太貪求安逸，因此我樂願賜他以同伴來推動，來激發，來創造，一如魔鬼。

眞正的朋友之間，有許多複雜的關係，有同質性，也有異質性的部分。有互相欣賞、支持、協助的地方，也有羨慕、嫉妒、自戀和驕傲的成分。歌德用魔鬼的角色，來形容朋友的關係，這的確非常有智慧。

一個人做事，很容易氣餒、中挫而無法長久。有了朋友，會帶來前進的驅動力量。同儕壓力，往往就是人生中一個巨大的驅動力量。這是念最好的學校科系，所能夠得到最棒的東西，當然也是最恐怖的東西。那種巨大的壓力往前進，成為一種快速驅動的力量；但如果方向不對，沉甸甸地壓在身上，常常造成沉重的負荷。

朋友是必需品，孤獨也是必要的。有同伴一起跑步是必要的，一個人自己跑步也是必須的。孤獨是對抗魔鬼最有用的武器，常常讓人恢復理智；傲慢是孤獨的姊妹；但孤獨是智慧的兄弟。佩索亞在《不安之書》說：只有孤獨才可能自由，如果您可以從人群中退出，不必追逐金錢、陪伴、愛情、榮耀或好奇心，那麼您將擁有自由。這些追逐之物，都無法在寂靜與孤獨中成長。

如果您不能獨自一人，就是一個奴隸。您可能擁有至高榮耀的思想和靈魂，在這種情況下，您是高尚的奴隸或聰明的僕人，但沒有自由。我們需要朋友，讓他們像魔鬼一般給我們同儕壓力。我們也需要孤獨，如赫塞所說，只有孤獨，我們才能夠找到自我，孤獨不是寂寞，它是最偉大的冒險！

以嚴肅的態度對決人生

如果說德國人是一個嚴肅的民族，應該沒有多少人會反對。席勒被譽爲德國的莎士比亞，他曾經說過：「嚴肅是必要的態度。」我的德國朋友漢斯馬丁認爲，德國強盛的主要原因，是擅長制定標準。譬如我們日常生活中，所使用的紙張大小，像A4、B4、A3等，就是德國在十九世紀時制定的工業標準。我在德國念書的同門學姊伊娜，她做的是軟體品質保證和協定確認，這種類似做苦力的實作研究，最後讓她能應徵到很難上的柏林工大教職。

我想德國人之所以有這樣的文化，主要是源自深厚的哲學思想，還有神奇的音樂。這樣嚴肅文化的國家裡，雖然出現希特勒那樣瘋狂的人，但是也有深刻反省後所產生的徹底轉型正義。台灣的文化很淺碟，一直以來，大家都飽受奴役，念書的朋友，飽受升學制度的折磨；勞工的朋友，奉獻所有時間在工作。不管是誰都很難有多餘的心力，去思考或談論嚴肅的問題。在很久以前，德國哲學家尼采就曾經講過：「一天三分之二的時間，如果不是自己的，就是奴隸。」意思是指一個人的一天，應該只奉獻八個小時在社會所要求的工作上；其他十六個小時，應該是自己能完全掌控、主宰。許多台灣朋友聽我提起尼采的格言都覺得非常訝異。在台灣這樣的環境之下，自己能夠主宰的時間，非常有限。光是每天的工作，就把自己累得筋疲力竭了。因此，很少台灣人能像多數歐洲人一樣，在眞正屬於自己的時間裡，還能再從事嚴肅的事情。即使台灣人也能夠有三分之二的時間，恐怕不是拿來打電動，就是吃喝玩樂，因爲身爲台灣人，眞的太辛苦勞累了。

根據我的人生經驗，沒有克制的自由主義，通常釀成災難；沒有考慮周延的左派，只是天眞無邪；沒有嚴肅的人生態度，往往一事無成。有朋友認爲我是瘋狂的馬拉松跑者——在短短三年多，我已累積了八千五百多公里的跑量——但我並不認同。我只是嚴肅地對待跑步，那種心情跟在台灣的升學主義體制中，想要考上第一志願是一模一樣的。一個人如果不能主宰一天三分之二的時間，他就算是奴隸。但是主宰的時間如果這麼多，卻不能嚴肅對待，除了虛度光陰外，奴隸還是只會乖乖地回去工作。沒有人比自認是自由的奴隸，所具有的奴性，還要更強。

一個社會如果只存在單一價值的話，所有的台灣人都只想念台大醫學系。一旦念不到，人生就全部都毀了。如果想用嚴肅的態度去看待工作之外的事情，就不該把所有的人生，都押在唯一的工作上。社會必須存在多元的價值，個人需要擁有廣泛的興趣。人生絕對沒有那麼簡單。考上第一志願，並不是那麼幸福、美滿的事情。根據我的觀察，坦白說，有不少第一志願的人，幸福感只停留在十八歲左右的那幾年。雖說人一定要嚴肅地面對自己的人生，但也不是所有的事情都不能幽默以對。在參加公民運動後，我得到一個綽號，叫「頑皮」。即便如此，我仍舊不斷深刻思考人生問題。時間眞的很珍貴，希望自己不會虛度任何的光陰。

發掘人生的界限

人生是不公平的，即使在眞實、沒有僞造的跑步資料庫裡，每一公里的統計數據表面上看起來都是相同的，但其實很不一樣。參加過馬拉松路跑賽的人都知道，跑第一公里、第十八公里，或是第三十五公里的時候，雖然都同樣是一公里，心情卻截然不同。如果拉長到整個累積跑量的期間，跑第一百公里、第一千公里，或第七千五百公里的心境感受，更有天壤之別。

年輕時，經常在爲自己設定目標；一旦沒有達到，就會非常自責。當時眞的無法瞭解什麼叫做「盡力就好」。如果設定目標，最後卻沒拚命去達成，怎能叫盡力就好？如果不把目標視爲極其重要，怎麼可能逼迫自己，不顧一切、拚了命去完成呢？在這樣的情況下，卻同時保留一個彈性的空間「盡力就好」，實在難以令人理解。盡力與拚命的距離，到底有多遠？

現在，我倒是非常能瞭解「盡力就好」的意思。以前設定的目標，都是針對自己所擅長的事情，加上運氣也超好，因此都能夠達成。那時，當然不知道人生有所謂的「界限」。如果一直不知道人生的界限，還有自己的好運氣，往往會誤以爲自己是無所不能的。這樣，人生眞的很可悲。

幸虧到了人生的下半場，我自己能反省、否定上半場，做一些跟從前不同的事情，例如開始跑步。跑步這件事，跟以前的讀書、考試、研究完全不同。無論再如何努力、跑量再怎麼多，我發現自己連一般跑者的平均水準都達不到，成績永遠停留在某個範圍之內，只能抬頭仰望菁英選手的速度。那一刻，總算深深瞭解什麼叫做「盡力就好」「不要和別人比較」「只要有進步就好」的概念了。

每個人的時間、精神和能力都有限制，因此人生經驗有所局限。偏偏有很多重要的道理是需要親身去體驗之後，才能些許地瞭解。一般而言，人在上半場，很多時候都得要接受「世界是不公平的」，但在下半場，可能又要面對生命的無常，周遭親朋、好友、同學和自己的生病與死亡等突如其來的苦難，也就是迎接悲劇的到來。

否定悲劇，是一個重要的哲學命題。任何事情的發生，總是有理由的。當一件事情發生的時候，一定要找到某個必須負責的人，要推出一個可以責怪的對象，不論是駕駛、醫生或父母。如果找不到這個對象，那一定是制度，像《憲法》、國家、文化產生了問題。當然，理性的態度是需要尋找理由的。但如果找不到理由，又該怎麼辦？爲什麼不幸發生在我身上？爲什麼是我得了這樣的重病，而不是別人？原因到底是什麼？是生活習慣不好？吃了太多泡麵？抽菸、喝酒、吃檳榔或熬夜打麻將？總會找到一個理由吧？

如果眞的都找不到，就隨便找一個人來歸罪，別人或自己都可以。如果這樣做，還算是理由嗎？卡繆的《異鄉人》主角曾說過一句話：「這是第一次我全心全意地接受宇宙自然而然的無動於衷。」世界上的事情，並不是每一件都能夠在理性或科學上找到原因。尼采衡量人是否偉大的公式是「命運之愛」，即所謂的「熱愛命運」。對待任何事的態度有所不同，而要一視同仁，不管是過去、現在、未來、或永恆都一樣，也不只是忍受必然發生的事情，更不只是處理它，而是要熱愛它。

許多年輕人喜歡穿有標語的運動衫，例如「Shit Happens」，字面的翻譯是「鳥事會發生」，更深層的翻譯叫「世事難料」。這句話表面上看起來非常粗俗，卻隱藏相當深厚的哲學思想。人生沒有意義，但也不能隨波逐流、漫無目的地過生活，我們必須設定目標、勇敢前進，但又要能夠熱愛命運，這就是人生的難題。

自殺的自由

關於兩個台大學生自殺死亡一事，許多朋友都有不同的評論，不少人從心理學和宗教的觀點來探討。台大社會系的老師也動員起來，花更多的時間跟學生互動。

最近我開始思考，希望跑步要有一些進步，因此就把手錶節拍器設定在一八〇，用兩節拍的形式逼迫自己跑十公里。果然有一點成效，本來跑步的頻率都在一五〇幾的狀態，可以提升到一六〇以上。十公里也可以用七十五分鐘來完成。

這個成績對許多我臉書上跑步的朋友來說，看起來應該是很可笑。一個跑了八千五百多公里的人，竟然十公里還要七十五分鐘。比起我們家女王五十幾分鐘就完成回家，眞的不算什麼進步。

但是連續跑了幾天之後，我發現自己非常痛苦。沒有用節拍器順其自然、快樂地跑步，基本上大概也只要八十分鐘。爲了追求更大的幸福、縮短五分鐘，代價卻是讓跑步變成一件痛苦的事情，而且也影響到日常的生活和工作，我感到非常疲憊。

跑步的人常常會用尼采的話來激勵自己：那些殺不死我的，會使我變得更強。這句話一點都沒有錯，但是我也認爲，不能把這些殺不死自己的東西拿來要求別人。

我覺得每一個人，尤其自以爲了不起的人，都應該拚命去找一件自己不擅長、但又有興趣的事情來做。不管是跑步、游泳、學習新的樂器，或是另外一種語言。這對於瞭解人生的眞相有更大的幫助，尤其對於同理心的訓練會有相當的進步。

追求更幸福是正常人普遍的想法，八十分鐘和七十五分鐘，只有五分鐘的距離，但是我想我如果每天這樣做，很快就會厭倦跑步，不再把它當成快樂的事情。

我從小就覺得這個社會不公平，甚至也非常怨恨這個世界，這樣的人常常會有偏激的想法，很難有什麼正面的思考。幸虧這種想法對我造成的影響並不是讓我成爲去對抗這個社會的種子，我反而把它隱藏了起來，融入了這個社會，在別人制定的遊戲規則之中，努力追求自己的幸福。

很多人認爲自殺是壞事，不論在什麼樣的情況之下，人都不應該自殺。但是有些人認爲自殺是人性的尊嚴，是自由最高極致的表現，因此對於罹患重病的人來說，所謂的安樂死是採取肯定的態度。

肉體罹患重病比較容易衡量，但精神疾病、憂鬱症或壓力等重病常常被忽略。

最支持安樂死的左派自由人士很少會覺得二十歲左右的大學生，有資格選擇自己的死亡，可以不想繼續活在這個殘酷的世界當中。這些人不僅不可能協助立法，讓這種情形可以接受安樂死，反倒往往認爲這是社會的損失和家庭的悲劇，認爲年輕人不應該擁有這種自由。

我從小也不是沒想過自殺這件事，雖然當時沒有讀過卡繆的文章。後來，瞭解到他說除了實際的肉體自殺，和沒有用的精神逃避以外，還有第三條路，就是拚了命地努力對抗這個荒謬的世界，或許這就是我選擇自殺的方式。

不知道這些同學自殺的原因是什麼？但在期中考的期間，有可能是成績不好的壓力，如果是因爲成績問題眞的相當不智。雖然我人生的經歷不能代表什麼，但我當年台大一百多位本地生的同學當中，只有兩個沒有在四年的規定期間內順利畢業。後來這兩個同學在工業界表現都非常好，也都在很著名的公司擔任處長或VP等級的人物。而那些領書卷獎或成績好的同學，絕大部分最多只能當個教授。如果用最現實的金錢來衡量，這之間大概是幾十倍的距離。我想他們在我們順利完成大學學業的那個時候，學到了一些我們沒有學到的東西。

身爲父母或師長不可能瞭解同學身處壓力的痛苦，甚至他們自己或許也不曾體驗到所謂那些「殺不死我的」是什麼東西，他們可能覺得念台大已經非常幸福了，這也是這些自殺事件如此引人注目的原因。

我並不相信所謂宗教輪迴與自殺之間的關係，人是可以自殺的，這是最高自由的模式，問題是，你可不可以選擇第三種方式？

6 chapter 第六章

德國的學習、學習的德國

標準答案的哲學

回憶自己小時候所接受的教育，除了不斷塡鴨以外，從來沒上過任何與哲學相關的課程。較接近於哲學思想的課本，或許是《中華文化基本教材》——闡述《論語》《孟子》《大學》與《中庸》等四部經典（合稱「四書」）。「四書」是以儒家爲本的思想，以修身、齊家、治國、平天下一以貫之的人生哲學。在學校教育中，這一系列的基礎國學，我們每個人從小到大都被根植入腦海中，更不用談所謂的《弟子規》了。我們接受這些傳統思想教育的時候，從來沒有思辨和討論的機會，就是奉爲圭臬地背誦，然後必須全盤接受。而能夠記得最牢的、考的分數最高的學生，就是社會未來的主人翁。

網路世代的年輕人比我們聯考世代好很多了。我們這一輩可是在黨國全面封鎖言論、控制思想、黨禁報禁的戒嚴環境下長大，雖然《弟子規》仍然盛行於校園與社會，年輕人至少不用像前一世代的人一樣，想看一些非主流的言論，還需要到台大對面的舊書攤，尋覓被隱藏在黃色書刊之中的各類禁書。

我長期訂閱《德文哲學雙月刊》，德文的電子雜誌——不管是《明鏡周刊》《經濟週報》或《德文哲學雙月刊》——質感都非常好。在閱讀版面的設計上，也貼心考量到使用者的方便。《明鏡周刊》電子雜誌的發行，與紙本書同步；而《哲學雙月刊》通常會有大約兩週的延遲。每一期《哲學雙月刊》的主題文章，除了封面文章以外，還納入相關主軸的系列討論，追加數個極其重要的概念來編排。每則文章，都會公平呈現 Pro 和 Contra 雙方的意見。藉著對照當代和以往的方式，編輯很稱職地比較不同哲學家的正反面見解。如果將正反意見單獨拆開來看，會發現他們的邏輯都很清晰，看起來都十分有理。我在瞭解正反方的論點之後，跑步時就有素材能好好地思考，到底自己人生的價值和選擇，目前是擺在哪裡？未來是否能繼續堅持下去，或者該做哪些調整？

以修身、齊家、治國、平天下的概念來講，我們從小到大受教育的過程當中，有人曾聽過反面的論述嗎？大家學習的內容，都是宇宙唯一的眞理，好好地去背誦就正確了，只要乖乖念書，當個尊師重道的好學生，就能夠考上第一志願的台大電機系或台大醫學系。我雖然從小受到這樣單一價值觀的深刻影響，內化成行爲的準則。但在成長的過程中，往往會遇到與所謂的行爲準則相互抵觸的經驗。例如，可以修身的哲學，不能夠齊家；齊家的價值，往往不能適用於治國、平天下。幸虧我中學時代的智慧並不高，總是對於古聖先賢的精髓照單全收，要是小時候已經能明瞭這些道理，不要說考上第一志願，可能連大學都考不上。

文化，才是一個國家強盛的基礎，教育對文化有最大的影響。崇拜師父、價值邏輯混亂、雙重標準、因人而異等等的現象，都是文化和教育的結果。轉換文化有多難？想要掙脫自己本身所受的教育有多難？即使我曾經在德國求學，現在吸收知識的管道，主要也是來自德文，但我仍然是那個從小接受《中華文化基本教材》長大的人。

舉個簡單的例子，在台灣常常會有很多網路票選活動，三不五時，就會接到人生各個階段同學的請託，是不是可以幫他們小孩所完成的作品，在網路上投下一票。每次看到這些請託，我就感到有些尷尬、爲難。對於這些作品，我實在缺乏相關的專業知識和美感，無法判斷它們的好壞。雖然也常常會想到，如果自己是一個德國人，到底該怎麼做呢？但想歸想，最後總是乖乖去幫忙投下一票。至於吸收德國文化，對我所產生的影響，或許只是多了五分鐘的掙扎罷了。受到「修身、齊家、治國、平天下」和「汎愛眾而親仁」等思想文化深深影響下的台灣，造成許多不合邏輯和亂象的答案，或許就在這裡吧！

德國檢討工程師教育

有天我一邊跑步，一邊聽《明鏡周刊》的一篇文章。這篇文章的重點，主要在檢討德國的工程師教育。即使像德國這樣以工程師爲立國基礎的國家，也同樣受到數位化和人工智慧的巨大威脅。首先，工程師的教育已經趕不上時代。大學中，傳授理論和數理相關的課程，還是占學生修課學分的大多數。

有一個資訊科學系的學生表示，他們系的課程規畫裡，偏重實務的學科只有六門。對於德國工科的學生而言，到業界實習是大學課程的重頭戲。而這個學生有法國、中國和美國公司的實習經驗，但實際就業的時候，還是不免會感到所學的東西，與業界脫節嚴重。業界工作對他的要求和挑戰，遠超出他在大學裡所受的教育和訓練。

富士康的創辦人郭台銘，在演講時也倡導「習比學更重要」。他主張「學是知識的累積，習是實際操作，習比學重要」。機會永遠是留給充分做好準備的人，所以他很強調「工作中學習，學習後工作」的哲學。他說：「一個學徒或者一個科長帶作業員，他就像是老鳥帶著小鳥兒在飛。如果放太高了，小鳥摔死了；放太低了，小鳥學不會飛。」這也密切呼應了德國檢討工程師教育的現象。

德國工程師的訓練，一直太類比化，不重視數位轉型。我在德國攻讀博士時，就發現到一件事情：他們對於汽車、化工、製藥、電子、材料等行業，有很系統性、深入的訓練；但是對於資訊科技所帶來的影響，往往重視的程度比較低。特別是當全世界都在強調寫程式、浸淫在數位化時代的趨勢下，德國在檢討工程師的養成教育時，發現到這是他們較弱的一環。

從德國倡導工業四．〇以來，已經有許多的世界隱形冠軍公司展開了數位轉型。數位轉型的第一步，就是在工廠裡部署各式各樣的感應偵測器。藉由這些偵測器所蒐集到的數據資料，建構一個巨量的資料庫。然後，再對這些巨量資料進行大數據分析，進而做人工智慧訓練的調校。最後，再將分析的結果，運行於全面數位化的控制系統裡。因此，許多沒有數位技術的傳統場域工程師，將變得毫無用武之地。在工業四．〇以後的工廠，資訊科技相關的工程師，才是眞正的關鍵角色。

對德國而言，在數位轉型的時代中，傳統實體場域的工程師必須轉型成虛擬的軟體工程師，這將是工程師教育中最重要的挑戰。在此方面，台灣其實已經占有極大的優勢，只可惜很多人並不知道。

德國的學徒制度

德國技職教育的關鍵成功要素之一，是傳統的學徒制度。目前德國共有三百四十二種不同職業的學徒訓練。調查指出，二十二歲以下的德國年輕人有三分之二接受學徒教育；其中約有八成可以完成。這表示德國有一半的年輕人，都完成了學徒訓練。

爲了學徒制度的順利推動，德國企業與政府密切合作。在二〇〇四年，德國政府和工業聯盟簽署了一份相關的同意書，除了規模過小的因素外，一般的企業都必須招募學徒。在德國，沒有接受過學徒訓練的人，無法通過考試，獲得「師傅證書」，很難找到報酬好的工作。

德國學徒訓練的時間，通常需要二至四年，採取結合學校理論與職場實踐的雙軌教育模式——在學校校園學習專業理論知識；在企業現場接受實務技術訓練。例如，每週在學校上課一、兩天，其他時間在公司工作；或者是在學校上課一週，在公司工作兩週。從工業革命之後，這個制度就持續執行到現在。一九六九年通過的《職業教育法》，爲學徒制度提出了一個完整的規畫。學徒訓練完成之後，可以進一步繼續接受師傅或技術人員的訓練。

德國企業十分重視學徒的訓練，一般也十分嚴格。企業除了必須支付學徒大約正式員工三分之一的薪水外，還得提供必要的機器、工具、設備，並且給予職業實務指導。德國爲十八歲以下的學徒立法，在企業的職訓教育上，法規訂有嚴密的規範。不同於台灣學生在業界的短期實習訓練，只爲了給予學校面子或虛應行事的心態在實施，他們視學徒訓練爲重要的大事，因爲這不僅關係到企業的競爭力，也影響企業未來的發展。

爲促進現代產業的知識需求與經濟發展，德國政府認知到持續學徒教育的重要性。他們有一個口號：「不只學術研究者，德國還需要學徒」。技職教育的成功，企業才是主角，當然政府的政策、家長的認知、社會的氛圍，都具有一定程度的影響。對於專業知識與技術的尊重、職業的尊嚴、收入的公平正義，以及未來的發展空間，也都扮演著重要的關鍵角色。在亞洲國家這種「萬般皆下品，惟有讀書高」的務虛文化之下，技職教育體系的道路障礙重重。不是光憑改變學校的作爲，就能夠發揮功效。對此，除了需要有全面配套的政府措施，還有老師和家長心態上的改變，以及企業及社會有務實的決心，才能有所轉變。

德國慢鐵工人的職業尊嚴對我的影響

德國人的執法習慣，眞的不能用華人社會的眼光來加以想像。我初到德國的時候，曾經因爲把一封信件撕成一些碎片，丟到學生宿舍的資源回收筒的紙類之中，因而被罰款約台幣一千多元。我也問過德國友人，德國有沒有像台灣那種投機取巧的小混混。他笑著說，德國法律多如牛毛，一般人都常常踩到地雷，怎麼會有空間讓小混混生存？這個國家的人民，做事還眞的是一板一眼，非常喜歡制定法律規章和指引，這肯定與德國人每天以「Ist alles in Ordnung?」（德語：是不是一切都沒問題？Ordnung 是秩序的意思）問候別人有關。「秩序」是他們最重視的事情，所有的一切都必須井然有序。如同掛在台灣人嘴邊的那一句尋常、親切的問候語：「呷飽沒？」吃飽，應該是台灣人最關心的事情。

我曾在教育相關的臉書社團看到一則漫畫。有一個媽媽帶著小孩過馬路，遇見一個衣衫襤褸、在大太陽底下打掃的清潔工人。比較負面思考的媽媽說：「你要好好用功，不然就會像那個打掃的人一樣，賺不了幾個錢，卻必須在大太陽底下工作。」比較正面積極的媽媽則這樣說：「你要好好用功，將來往高的位置爬，才能幫助這樣的人。」

我看到這則漫畫，聯想到當年在柏林慢鐵站清掃的一位工人。首先，因爲我講的德文，比起那位掃地工人是又慢又破，根本不會產生自己比他強的心態，也不可能有漫畫中媽媽的那種優越感。其次，這個工人穿著整齊，打掃的態度認眞，表現出他對職業的尊嚴。他驕傲地告訴我，每個禮拜他都會排時間去打掃月台下面的鐵軌。如果坐火車在歐洲旅行，他完全不用看任何告示或標誌，只要盯著鐵軌瞧，就知道自己是否進入了德國。因爲沒有其他國家的清潔程度能比得上自己的國家。對於自己的工作，他露出驕傲、滿意的笑容，而那種神情一直留存在我的腦海裡。當下我想著，或許那就是我一輩子的追求，希望能夠達到的一種境界。

人，當然要先滿足基本的物質生活條件，之後，再追尋較高層次、受尊重的需求，例如成就、名聲、地位等等。有了外在的社會地位，掌握權勢和財富，才能夠發揮較大的影響力，比較容易達成自我實現。因此，對一般人而言，外在世界很重要。但是，內在的世界，卻遠比外在的世界更加重要。外界對我們的認同，不一定會促成自我認同。自我實現的第一步，是自己要先能認同自己。這一點，沒有任何人能幫忙，只有自己才最清楚自己的狀況。當我們看到世界的某一個面向時，其實也只有自己單獨一個人，能眞正見到這個角度。因此，每一個人唯一能夠改變的，其實就只有自己本身。不管是在現實的世界或書本當中，古今中外影響我人生觀的人，實在不計其數，而這個德國慢鐵的掃地工人，算是很重要的一位。

決定是一副劍鞘，還是一部貨卡？

德文「決定」（Entscheidung）這個字，源自於日耳曼語 skaipi，複數 skeidir，意思是「劍鞘」。在高地德語中，它變成 intsceidôn，意味著「分離、確定、割斷」。引申的意義，就是一旦劍出劍鞘之後，就立即造成事物的割捨與分離。

由德文的來源，可以看出德國人對於「決定」的概念。決定是一種選擇，取捨自己不要什麼。在各種可能的選項當中，拋棄其他所有的選項，挑選一個自己最想要的東西。在現代世界裡，日常生活中所需要做的決定，多如牛毛。例如，買一杯咖啡，店員會問你美式、拿鐵、摩卡，然後又繼續問你是內用或外帶？凌晨起床，天氣寒冷且下著小雨，要決定自己是否出去跑步？穿什麼衣服？戴什麼帽子？早餐、午餐、晚餐吃、喝什麼？撇開這些日常瑣事不談，從小到大，我們得決定念什麼學校？念什麼科系？要不要出國念書？要不要結婚？和誰結婚？選擇怎麼樣的工作？要不要生養小孩等等。

有些人覺得做出決定後的選擇，可以是短暫性的。舉例來說，分開的男女朋友，可能會再相聚；離開的工作，也可能會再回頭做。因此，對於決定，顯得不是那麼在乎。可是，因爲人的時間、能力和資源掌握的限制，每每做出影響自己人生重大的決定之後，就再也不能回頭，就是所謂的分離或告別。

某人想要積極追求的東西，可能是另外一個人正在努力拋棄的，只希望自己拋棄後、回想時，不會覺得是浪費了時間。如果生命只能依賴一小部分而活，那麼其餘的我們，將要如何處置？在千百種可能的選擇當中，我們只能取其一，那麼捨去的其他東西，究竟跑到哪裡去？這就是許多年輕人講的所謂「平行時空」的概念。如果當年放棄了 A 工作，選擇 B 工作，今天到底會怎樣？如果當年沒有決定和 A 在一起，決定和 B 在一起，今天又會怎樣？我想這些沒有選擇、放棄的可能選項，其實當下並沒有消失掉，只是轉化、存在於自己的容貌和氣質當中，隨著決定的選項愈走愈遠，才逐漸消逝離去。

或許大致上看似雷同，但我覺得台灣人對於「決定」的看法，和德國人相距甚遠。我們眞的太過於戀棧、貪心，對於「決定」的概念，並沒有存在一種分離或放棄的想法。台灣人對於決定的想像，並不像劍鞘，一旦出劍之後，就會造成分離；

而是像一部載貨卡車（貨卡），每一次的決定，都可以像貨卡那樣，一批批地承載更多貨物。大家羨慕像王永慶那樣有很多房太太、有很多錢、掌握很多權勢的人。當完院長希望當校長、當完市長希望選總統，即使當了校長或是當了總統，因爲人的局促性，你不得不跟一些美好的事物告別。

年輕的時候，做決定比較容易，因爲人生體驗還不多。每次都以爲自己得到了什麼，而沒有發現其實失去了什麼。等到年紀愈來愈長，逐漸發現自己所做的任何決定，都是告別的成分居多。決定，宛如一副劍鞘。當劍被抽出來的時候，一定要砍斷些什麼。這麼說，決定應該是失去而非獲得，是告別而非再見。無論決定的結果好壞，每次困難的決定，往往是痛苦而非快樂，這才是眞實的人生。

你敢有德國小孩的運動夢想嗎？

看到台灣在體育改革之後，各個協會改選理事的情況，我真的感到非常失望。花費很多力氣去修改法律，結果竟然沒有太大的改變——所有的協會幾乎還是由原來同一批人馬繼續把持。整個修法和體改聯的努力，辛苦了老半天，最後一切都還是回到原點。原本想著嘗試努力看看，體制總會產生一點變革；但是很多在台灣從事社會運動的人，往往還沒有改變社會，自己卻已經先改變了。我想這也是一些體改聯的年輕人，為何會跳出來選舉的主因。

從小我們學習了很多儒學思想，以為只要把己身修好，把家照顧好，就能夠把國家治理好，接著天下即太平。世界上這種神奇的萬用演算法，不知要到哪裡去尋找？如何才能發掘一套方法，用來解決一切的問題，達成最終的目標呢？真實生存在現實中的人，根本每天都得面對這種個人與團體的利益衝突，家庭和工作之間的拉扯。從小接受這一套古聖先賢的教育，生活在與現實嚴重脫節、過度理想化的體系和環境中，內心感到苦惱困惑，充滿著無力感，難怪會覺得以前的世界有多美好。在這種成聖成賢、不務實的教育下，每個人因爲缺乏可以遵循的演算法，往往陷入無窮無盡的迴圈之中，無法掙脫。

台灣少子化的問題，已經相當嚴重了。這種國安問題，沒有人能置身事外，遲早都得自食惡果。民進黨立委鍾佳濱提出「第三個寶寶升學加分」，結果網路上的即時民調顯示，有九五％的人反對。對於這種有利於未來社會的權宜措施，民眾都覺得不公平而反應強烈。但是卻能容忍以前聯考的特權加分、公務人員考試的省籍分配和甲等特考，何況這些過去歷史所留下的不公平性，至今還沒有完全過去，我們仍舊繳稅、支付這一群人的退休金。

有許多的德國小孩，拚命將足球視爲自己的唯一人生，但是有幾個人能夠順利進入德甲球隊，甚至在世界盃上場表演？事實上是少之又少。那爲什麼德國能成爲世界足球的最強國？難道因爲他們有一套非常強的演算法，可以預測哪些小孩會成爲足球明星，然後挑選出來，加以訓練嗎？就我們所受的教育來加以想像，德國就應該存在類似齊家、治國、平天下的一套神奇方法。

成爲職業足球明星很辛苦，這卻是很多德國小孩一生的夢想。他們從十三、四歲起，每天接受六小時以上的足球訓練，加上三到四個小時的重量訓練。努力奮鬥三、四年之後，優秀的孩子，才有機會進入國家青年足球隊。即使天賦和努力都能夠達到一定的水準，能進入國家青年足球隊的小朋友，有超過八〇%以上仍然無法進入職業聯隊。最後，這群遭淘汰的人，只好比一般人再晚四、五年的時間之後，轉換跑道、接受職業教育，進入他們的第二人生。

台灣的父母通常較急功近利，怎麼會允許小孩如此浪費生命，只為了追逐那種成功機會渺茫的夢想？只要稍微不順己意，大人就要打斷小孩的狗腿，怎麼可能會讓小孩浪費掉近十年的年輕歲月，最後的結果，還是得讀職業學校？畢竟成功的機率太微小了，這樣還下去冒險，相當不明智。

父母會小心翼翼地保護你，先把你這個機會擋掉。「你走過的路，有我走過的橋多嗎？你吃過的飯，有我吃過的鹽多嗎？」老師和父母會告訴我們，要好好認眞讀書，將來當個醫生、老師、公務員等等，這些都屬於安穩和容易成功的職涯路。

人需要先立志，才有可能達成目標。立志愈大，付出的努力愈多，對於成功的渴望，就變得愈強；失敗的話，衝擊也會很可怕。但如果因爲害怕而志向不大的話，最後自然會一事無成。問題是到底志向要有多大，什麼是不切實際的目標？沒有人可以提供答案。

一個社會能否提供年輕人冒險的機會，是這個社會能否進步的重要關鍵。影響國家競爭力的關鍵要素，就在於年輕人有沒有做夢的空間；家庭和社會能否完全接受因冒險而失敗的行爲；如因冒險而失敗，社會能否充分提供開展第二人生的機制。如果社會只是一味強調公平、安穩的道路才是正途，不能將失敗視爲常態，就不會產生能孕育世界盃足球明星成長茁壯的土壤。

體育改革對台灣來講，的確是一件小事。或許眞的比不上統一或獨立的議題，比不上年金改革，比不上台北市長選舉，甚至連台大校長遴選的事情都不如。但是，這件事情也眞的非常重要。一個不能讓年輕人做夢的社會，是一個漸漸老化、死亡、沒有希望的社會。讓第三個小孩考試加分，又怎樣？畢竟這個世界並不存在十全十美的方法，如果能夠解決問題，權宜一下又何妨？

幾歲才是成年？

在蔡英文總統的第二個任期中，修改憲法應該是一項施政重點。但大家對於修憲似乎沒有共識，許多專家、朋友，尤其具有法律專業背景的，都希望能夠拋棄原本大中國這一套不合用的《憲法》，制定一部符合台灣現況的《憲法》。

重新制定《憲法》自然是一件大事，必須考慮中國的反應、國際的局勢等問題，非常複雜。至於修改憲法方面，唯一的共識，可能是讓滿十八歲的人，就能擁有投票的權利。修法提升他們的身分地位，這當然是正確的方向。但只要一想到目前的大學還必須呵護學生，這種做法也使得他們又跟一般的公民不太一樣。特別是，導師還得打學生的操行分數，突然令人產生一種荒謬的感覺。

有關於學生操行考查的項目，依據教育部曾經頒發的規定，分爲思想、精神、品性、學識、能力、生活、態度、語言、體格、服務等項目，評定之。這個成績不僅打道德分數，甚至還要打體育分數，眞不知道打這樣的分數，到底意義在哪裡？

這個分數說重要，卻好像不重要；說不重要，卻也很重要。操行分數如果不及格，依規定要退學；如果成績不佳，許多獎學金就不能申請。

沒有慧根的我，感覺導師打操行成績，是一齣荒謬的黑色喜劇。我不知道在上面加一、兩分，或減幾分的意義到底是什麼？我曾經是被打操行分數長大的學生，直到去德國念書，才瞭解所謂獨立自主的大學，究竟是什麼意思。對於一直習以為常的操行分數，感覺就像一道荒謬的道德枷鎖。

我曾經請一位德國的駭客來成大演講，這個人念物理系一直都沒有畢業，而且還保留了物理系學生的身分。他物理系念一念，想瞭解電腦中毒的原因，竟然變成了資安專家，完全忘記自己念的是不同的專業。

德國的大學裡沒人管你，也不用學費，想做什麼就做什麼，愛念多久就念多久，甚至中年的大學生也不算少。每個人迷失在校園裡，或在校園裡享受學術殿堂的薰陶。有很多人沒有畢業。有一天學生突然莫名其妙不見了，學校也不會管。如果是在台灣的大學，父母不希望他沒有畢業，導師要想方設法、瞭解他的狀況並輔導他，大學會把他踢出去。因為他沒有遵照我們為他鋪好的道路和規畫好的課程修課，自己亂搞。管他有沒有創意和想法，我們最不喜歡學生自己亂搞。

有不少的台灣小孩，一向就屬於父母的財產，是父母第二生命的投射。能這麼無微不至地愛他、呵護他，基本上都是建立在一些條件的滿足上——他乖巧懂事、成績優秀、表現傑出，這些給予父母和師長很大的面子。一旦他脫離了常軌，不管發生了什麼事情、出於什麼原因——例如他發現自己愛上男生，不愛女生；他發現自己喜歡歷史，不喜歡電機；他發現自己想要工作，不愛念書——他相當於從在大量生產的教育工廠裡，從生產線機台上，突然掉落下來，只能被當成瑕疵品，直接丟入廢棄桶裡。這多麼悲哀！

我認識一個朋友，他是我們教育體系最優秀的第一志願畢業，但他完全不喜歡父母和社會爲他選擇的這個專業。等到有能力反抗的時候，他選擇拋棄了這個專業，尋找人生的第二專長。但感慨歲月的消逝和內心隱藏的不滿情緒，時常流露在他的生活和工作中。

有一次，一個同學來探詢德國留學的事情。他問：「德國是眞的免學費，外國學生不用錢嗎？」我回答：「德國大學眞的免學費，外國學生也一體適用，健保也和本國學生一樣。」「沒有排富嗎？」我反問：「爲什麼要排富？」「有錢人的小孩，家裡很有錢，這樣不公平！」我回答：「沒有排富，因爲有錢人家的小孩，也需要國家幫助他獨立。有錢的是父母，並不是小孩本身。其實，不管父母有沒有錢，小孩的人生，本來就應該跟父母分開。」我曾經親眼看到我的德國朋友漢斯馬丁，跟他念大學住在家裡的兒子收房租。

滿十八歲可以擁有投票權，那麼我們認爲究竟要滿幾歲，才能夠爲自己的行爲負責任呢？答案，就顯現在大學的操行成績上。

東西方的教育大不同

當年到德國攻讀博士學位期間，我先在曼海姆歌德學院上完德文中級一之後，就到柏林歌德學院繼續上德文中級二。那時候，柏林歌德學院，就位於查理檢查哨附近，地理位置非常好。

中級二的課程，就跟很多其他歐洲國家、母語非德語的德文老師一起上課，這些同學的人文素養都很高。下課時間，總會一起去附近的咖啡館，一邊喝咖啡，一邊聊聊天。從他們身上，我學到許多不同的觀念。特別是在中級二之後，亞洲學生變得比較少，上課時更需要有同學來罩我，所以刻意和他們維持不錯的關係。除了平日課餘會小聚，假日偶爾也會邀請他們到家裡來做客。

歌德學院的學生，有很多來自亞洲，像日本、韓國、台灣等等。當年在歌德學院時，我從沒遇過來自中國的學生，或許現在應當有不少了。這些亞洲學生的共同特徵是，甚少主動發言，缺乏自信，言之無物。每次談論議題時，一定會被老師和自己限制在某個框架裡，不像歐美學生可以天馬行空地陳述觀點。他們踴躍發言，即使回答得不正確，也只是一笑置之。

反觀這些亞洲學生，通常會害怕犯錯而三緘其口；自我要求雖高，表達能力卻很弱；縱有聰明才智，卻施展不開。感覺像個小老頭，不僅老成持重且畏畏縮縮。或許背後的原因就來自於，這些亞洲國家的教育，非常強調小孩聽話、守規矩，且放大錯誤在學習過程的負面效應，凡事要求追求完美。覺得文法完全正確，才敢開口發言；即使得到了九十九分，卻永遠在哀悼喪失掉的那一分。

這些德文老師的同學中，有一個來自喬治亞共和國的男生。這個傢伙很會搶話，在這群同學裡，他不但最沒有學問，並且常顯得詞彙困乏、言之無味，但是卻經常搶著發言。一段時間之後，他果然進步神速，無論任何議題都能侃侃而談。即使家庭、社會、教育、人生哲學各種問題，最後都可以扯到「我的母親」，完全沒有深度。不過，他就是非常敢講。甚至對老師問的文法，根本只是一知半解，卻勇於搶答。答錯時哈哈大笑，毫不在意。

觀察他的表現之後，我決定要改變自己，開始和他搶話，勇敢發言，不怕丟臉。即使自己眞的言之無物，漸漸也敢舉手發言，我的德文因而進步很多，人生觀也隨著發生轉變。在資訊化、移動化和世界化的時代，台灣這種妨害小孩自信發展、放大負面和強調守規矩的教育，必須有革命性的蛻變。不然，我們的小孩絕對是輸在起跑點上。在這個人工智慧時代裡，到底該如何跟充滿自信、不怕犯錯失敗、勇於突破的小孩競爭呢？

爲何外國人在德國讀大學一樣免學費？

德國的大學，與台灣或美國有很大的差別。記得我剛到德國時，第一間參觀的學府是曼海姆大學。從外表看起來，完全不會將它與大學聯想在一起。與其說是大學，不如稱它是一座美麗浪漫的城堡。在校園裡，不僅找不到象徵台灣大學的升旗台和操場，也看不到任何籃球場、網球場等運動設施。

我拜訪的第二間學校是海德堡大學。這所大學幾乎沒有自己獨立的任何空間，系所混雜在城市的市民住宅及商店建物中。物理系的隔壁是麥當勞；樓上是肯德基，完全和街坊生活沒有任何隔離。一般的德國大學校園，見不到操場、球場、健身房與游泳池，當然也沒有兄弟會、姊妹會或龐大校友組織的辦公室。

德國的大學，九成以上都是公立，大學經費源於德國人民的稅金。只要屬於公立大學，教育和師資水準都很平均。一般而言，想申請進入大學讀書並不難，但畢業的門檻卻很高，以致大學生的中輟率，每年都穩定維持在大約三分之一的水平。

德國人自家的小孩，在大學念書不用繳學費，我們還稍微能夠理解，但為何外國學生到德國念書，也比照著免繳學費？難道這是為了呈現一種世界和平、四海一家的哲學嗎？

其實，德國的大學生去上課，有點像是去上班，不會在校園裡開展緊密的學生生活。一般人下班了就回家，學生下課了當然也要回家，返回自己獨立、平凡的生活。不像美國或台灣的大學，比較像是在夏令營中，一群人在裡面吃喝玩樂，然後附帶一些學習。基本上，德國大學的組織體系，是針對最小化學習需求所做的規畫設計。成年的大學生，實際上就是市民，不必為這些學生再創造出另外的身分。有法院，就不用學務處；有法律，就不用校規；有警察和醫院，就不用教官、導師和校醫。

德國大學的修業規則，相對很簡單又明瞭。一般而言，課程少有助教，作業不多；一次的期末考，決定學科的學期總成績；主修專業科目，三次申請考試沒有通過，就無學可上或視同於退學。教授地位崇高，是唯我獨尊的一「系」之君，沒有任何教師評鑑，也不會有外界的任何政治壓力。學生是獨立的個體，學習、修業和畢業都操之在己。畢業了也沒人慶祝，自己摸摸鼻子、離開學校；沒畢業，也不是什麼世界末日。在台灣或美國那種二、三十個學生一起上課的課程，在德國有兩、三百人參與是常態，因此，平均每一位學生的成本其實不高。

除了大學組織、管理及設施花費成本相對較低外，大量的外國學生，對德國的國力、國際形象及國際地位，將產生重大的影響。德國政府的研究顯示，只要外國學生畢業之後，能留在德國工作超過兩年，所繳的稅金和對德國的貢獻，就可以抵過他念書時政府給予的補助支出。所以整體衡量起來，大學並不會因為給外國學生免繳學費的優惠而吃虧。

最後還有很重要的一點：一般本土的德國大學生，不太認為招收外國學生，會相對剝奪到自己的名額。幾乎大多數的科系，想要申請進來念，就能如願入學。在大學校園中，每個人各自拚搏努力，能夠進到此學術殿堂，並不代表將來就一定能順利畢業。在德國讀書的學業壓力很大，考試的廣度和深度，實在難以掌握估量。在這樣的情況之下，通常德國人較不會反對招收外國學生的教育政策。

旅行、遊學、留學和移民的妙喻

一位本來想跟我同時跑步的學長，因為跑步時心跳快速、心肌容易缺氧，於是以走代跑。經常一走就是一、二十公里，甚至創下在操場上走了四、五萬步的紀錄，眞令人佩服。這位學長和他女兒到柏林御林廣場區域旅遊，傳了一張照片到朋友族群。學弟認爲是「國會大廈」，我一看就覺得不是，好像是舊國家美術館。後來仔細一看，應該是舊博物館才對。

光在這個區域的博物館，規模較大的，就超過十間以上。若想走馬看花全部逛一遍，大概也得花上一週的時間。學弟再問我：「柏林電視塔在你留學時就有了嗎？」我回答：「當然，那是東柏林的地標，亞歷山大廣場是我時常去購物的地方。」學弟又說：「我去跑柏林馬的時候，導遊也曾經帶領大家去亞歷山大廣場買行李箱。」

當年，我就住在博物館島的附近。那時兩德統一還未滿十年，幾乎沒有台灣人願意住在東柏林。東柏林的房租很便宜，現在同樣的地方都超級無敵貴。有時我不免異想天開：如果當年能買層公寓，現在不就大發利市？但想歸想，一位靠公費才能留學的窮學生，怎有那麼多的閒錢來投資呢？

學弟問，住這個地方風景優美，不過怎麼離學校有點遠？其實，柏林的交通非常便利，從住處乘坐地鐵或快鐵，到動物園站下車的柏林工大，大約二十五分鐘；到查理檢查站的歌德學院，大概十分鐘；走路到洪堡大學的餐廳去用餐，或到博物館島或菩提樹下大街，也同樣只需要十分鐘。

我覺得旅遊像戀愛，在有限的時間裡，體驗城市的美好，完全不知道人間疾苦；遊學像同居，稍需要處理食衣住行的問題；留學拿學位像結婚，必須面對眞實人生的所有挑戰，沒有任何逃避的空間；而移民像死亡，一般會在當地過世。這將是無可避免的事實，幸福通常不會永遠停留不走。

當我們雙腳踩在異國的土地時，因爲立場、種族、語言和文化，跟實際的生活會有一些隔閡。而這些隔閡造成的朦朧效果，會讓人有一種幸福的錯覺。是否傻傻無知地存活再離開世界，還是痛苦地與生命搏鬥，這都是人生得面臨的抉擇。

留學不合群又怎樣？

昨天，有一個成大電機系畢業生過來找我，他之前曾到德國當交換學生一年，目前正在服役，預計退伍後準備回德國念書。他已經申請到碩士班的入學許可了。他想就讀的新學制，以前還沒有設立。他說自己拿到了兩個學校的入學許可，一個在大學城，另外一個在大城市。我比較喜歡大城市，但他決定要去大學城。

他以前在德國那一年，德文非常差，什麼都聽不懂。學校入學、銀行開戶、餐廳吃飯等日常生活，都遇到很大的困難。其實，幾乎所有台灣留德學生一開始都大同小異。德文再好，也比不上英文。那種死命想捉住別人講德文的關鍵字詞，卻什麼都捉不到的感覺，一輩子都難以忘懷。雖然非常痛苦，但只要硬撐過去，就能得到一種重生的感覺。

某一次台大畢業典禮的演講題目是「放下台大，才能超越台大」，對此，我曾寫下回應：「去留德吧，不只放下台大，還能夠二度童年，再次享受成長的過程。」

事後回想起來，似乎一切雲淡風輕。但當初重新啓動牙牙學語的成長歷程，甚至連一般德國小孩的德文能力都沒有，那種刻骨銘心的痛苦，還眞是畢生難忘。

當時我才二十多歲，一副志得意滿、意氣風發的模樣。因爲自己是台大電機系學士、碩士畢業，考上教育部公費留學考試，高考一級及格在台北市政府服務。但是，不料一到德國，卻覺得自己成爲一個生活的侏儒，連七歲的德國小孩都不如。

這樣的感受，讓人學會謙卑，發現自己即使再厲害，也只是局限於某個微小的圈地內。等到時空背景發生變化，從前的優秀和驕傲只變成了笑話。由於有過這樣的人生體驗，我非常鼓勵台灣的年輕人盡量到外面的世界去闖蕩、去開眼界。出國去念書，從來就不光是念書這麼單純的一件事情。

當然，這個畢業生也跟我談到學習德文。那時候，我們在台灣幾乎聽不到任何德文，學習的環境很不好。頂多就只能聽聽 Familie Baumann 的德文教學錄音帶，不像現在的網路資訊琳瑯滿目、應有盡有，每天隨時隨地可以收看、收聽到德國最新的消息。

因此，剛去德國歌德學院上課時，老師和同學到底說什麼，根本完全聽不懂，只能跟他們雞同鴨講一番。那時候，眞希望上課的內容可以錄音帶回家多聽幾遍！

學生告訴我，相形之下，以前去德國念書的確非常困難。但我覺得這樣也還不錯，能保有神祕異國風味的特殊期待。

最後，我給學生一個建議，這個建議其實也適用於所有留學生。每個禮拜都必須檢視一下，自己日常的生活，和台灣人相處的時間多，還是和德國人相處的時間多？講母語的時間多，還是講德文的時間多？想一想，自己到德國念書的初衷究竟是什麼？

不要總是和自己的同胞混在一起，不要怕自己不合群，那可能是讓自己踏不出去、留在舒適圈的藉口。和德國同學出去喝啤酒、喝咖啡，和德國同學一起去聽音樂、看電影，勇敢、努力地打進德國人的圈圈，不要害怕挑戰和挫折。這樣才是留學生涯中，最重要卻也最困難的事情。

念學位的風險

爲了鼓勵年輕人，許多師長和大多數的文章，比較少提到出國讀書的風險。如果你去遊學，或者是去旅遊，這種經驗和出國去拿學位相比，差距甚遠。出國旅遊就像戀愛，一切都是那麼新奇美好；早上去漂亮景點，中午吃美食餐廳，晚上聽歌劇音樂會，不用過一般人的日常生活，十分快樂。而出國去念學位，不僅要管油鹽柴米醬醋茶，像當地人一樣過生活，體驗不同的語言、文化，還要讀書學習，十分辛苦，過的是現實的生活，有點像結婚。而遊學的生活，則介於兩者之間，可以比喻成同居。事實上，遊學較爲接近旅遊，和出國拿學位的差距，還相當遙遠。

台灣大多數的學生，英文都還不錯。而且，英語系的國家，資訊相對比較多。出國留學去美國或英國，門檻其實已經不低，挑戰也不算小。但是如果選擇去德國，或去其他非英語系國家留學，眞的冒著不小的風險，在語言、文化、思想、教育的制度等等，都存有很大的差異，在生活和學習的適應方面，困難度相對較高。

當年公費留學錄取之後，教育部貼心地爲我們辦了一場留學的行前座談會，安排以前的公費留學生經驗分享，並解答留學生的疑難雜症。記得我參加的德國場，邀請了一位長庚大學的教授，分享了留學德國的經驗。他談到在德國完成學業的艱難之處時，有兩個同學只聽到半場，立刻就轉換到英國場。剩下半場時，我內心眞的十分困惑且掙扎，以至於完全聽不見教授談論的內容。當時，我恨不得也跟著衝出去，轉去英國場。可是繼而一想，自己已經念了四年的德文，爲留德認眞準備了四年。在還沒有考上公費時，都想要靠打工在德國留學了，難道考上公費、有了獎學金，反而害怕去德國嗎？很慶幸當下我決定留下來，這是明智且正確的選擇。

不過，如果去英國念書就會變得很容易，這樣的說法也不對。不然，怎麼會有一些人最後輟學呢？去德國，語言是第一個問題，生活是第二個問題，教育方式是第三個問題，文化是第四個問題。雖然充滿各式各樣的問題，但唯一沒有問題的是「大學免學費」。因爲問題重重，有許多人放棄留學德國。所以，我勸想要去德國念書的同學，除了強化自己的各種能力，請記得一個核心觀點：「沒拿到學位就算了」。反正念書也是不用錢，念多少就算多少。當年我沒這麼想，差一點在德國念到掛。在德國，無論是讀書或生活，壓力都相當沉重。回頭想想，「沒有拿到學位，對不起自己，無顏見江東父老」的心態，實在會害死自己，也沒有任何好處。

不管在哪裡念書，都存在風險。在台灣念書的學弟，也有兩個念到進療養院；在美國念書的長輩，更有人因爲寫了七年的博士論文手稿遺失在公車上而精神崩潰。人生就是冒險，怎樣做都可能有風險。問題是，你想要一個怎樣的人生？

留學體驗群體與個人的平衡

有一個在德國留學的成大學生，因爲自殺未遂，被父母帶回來台灣。這個學生相當優秀，拿到德國政府的獎學金。對於未來，他原本懷抱著無限憧憬出國念書，沒想到最後卻傳來這種不幸的消息，眞令人不勝唏噓。

他從小到大都乖乖聽從父母的話，念書也十分用功。能夠順利去德國留學，父母也爲此感到非常驕傲。但後來爲何會演變成這樣呢？

根據我側面的瞭解，原因是受到台灣學長姊們的集體排斥。他一個人在德國異鄉生活，感覺非常孤單、寂寞。偏偏居住的那個城市，遇到愛玩的台灣學長姊。這一群人整天在歐洲到處遊玩，白天欣賞美麗的風景，晚上廝混酒吧，消磨美好的青春時光。

後來他不願繼續鬼混，想要振作讀書。但在德國的大學讀書，校風非常自由。台灣那一套按表操課的學習經驗，完全派不上用場。由於課業和生活的事情，從沒有人給予管理指導，反倒令他不知所措。即使一心想要念書，卻無從念起。一個人在國外孤獨生活，又遭到同胞的排擠，覺得苦不堪言，憂鬱情緒就一發而不可收拾。

我當年留學德國的時候，類似的故事也所在皆是，只是情節的嚴重程度各有不同。當年的網路不像現在如此發達，與台灣的連結非常微弱。本來以爲高速網路普及的今天，可以緩和減輕異鄉的孤寂感。但科技始終來自人性，虛擬的社交圈仍無法取代眞實人生。在日常生活覺得寂寞的人，也無法在虛擬的世界中得到安慰。

以前在柏林讀書時，有一個台灣的朋友，他有寂寞恐慌症。如果有人打電話問一件小事，他就會趁機跟人扯上好幾個小時。感覺他已經很久沒有講話，好不容易有人可以聊天，他渴望可以一直對話下去。如果不陪他聊久一點，必須掛掉電話，他會非常憂鬱。因爲害怕孤單、寂寞，有些留學生總是和一群同胞混在一起，早就忘記自己當初來德國的目的了。這樣一群相互取暖的人，如果你不繼續跟他們混，他們的確會排斥你。認爲你不夠意思、不合群，不知在驕傲什麼。大家都是台灣人，在美好的歐洲相遇，竟然不一起混。

在群體和個人之間，要找到一個平衡並不容易，尤其當想法跟大家不一樣的時候，這樣的挑戰更大。通常得做出一項選擇，而這項選擇不可能會讓每個人都滿意。

許多男生在當兵的時候，就會遇到類似的情況。因爲合群而走向墮落、腐敗，因而染上許多不良習慣，像嫖妓、吸毒、酗酒、賭博等的例子，實在多不勝數。

到德國念書，的確要適應跟台灣不同的教育體制，那種自由、放任的自由學風，不知競爭對手和壓力的來源，完全依靠自制力和自我要求，不斷努力學習，這對每個台灣留學生，都是一種極重大的挑戰。人生路上關卡重重，過不去，就換另一條路走。像這個成大學生，後來聽從父母的話，願意離開德國回來台灣。即使沒在德國完成學業，也沒什麼不好。成功和失敗，從某個時間點看起來，似乎非常重要。但是對於人生整個歷程而言，只不過是一種短暫的經歷。如果生命一直停留在那裡，甚至就在那裡畫下句點，才是一件令人惋惜的事情。

雖然我是成大的教授，但不會說「失敗是成功之母」這種場面話。這個學生如此痛苦地瞭解寂寞的感覺，經歷過群體和個人的衝突，也算深刻而難得的體驗，而非一無所獲。我腦海裡浮現以前一直不肯掛電話的那個朋友，如果不曾把自己丟進那種環境中，也不會有那種孤獨的人生經驗。

只有獨處，我們才能深刻思考。希望有一天這個成大學生能超脫原來的層次，能夠孤單而不寂寞。出國留學的目的，本來就不光是獲得學位那種表面的東西，重要的是一種人生的體驗。這種體驗，是無論用多少金錢和名位也永遠換不來的。

我的德國友人漢斯馬丁

我在一則德國地方版的新聞報導中，得知德國朋友漢斯馬丁過世的消息，感到非常悲傷。許多陳年往事突然湧現心頭。那一年，才在柏林施布雷河上包船，一起慶祝他的生日。怎麼轉眼之間，已經過了這麼多年了？

漢斯是一位攝影工作室的老闆。雖然家庭富裕，但他十八歲時就開始學攝影、當學徒。他說當攝影師，眼睛可以看到很多東西。由於他富有正義感，每當看到自己覺得不對、不正義的事情，就會開始寫文章投書媒體。若碰到自己不瞭解的事物，也會積極去研究，甚至去拜訪專家學者。技職教育體系出身的他，雖然不是從一般的大學畢業，卻花費很多時間在讀書。本來文筆並不好，後來卻能下筆成章。因爲他不斷地寫文章發掘社會問題，研究解決問題的辦法，所以對於一般的公共議題，能有自己獨到的見解。

他的綽號叫「Muckel」，這個字在德文字典應該查不到，是巴伐利亞的用語，意思就是「小兔子」。連他過世的喪禮新聞報導中，標題上也使用了這個小名。因為這個人活力充沛，如兔子般活蹦亂跳；十七、八歲時就讓女朋友懷孕，因此很早就當爸爸。在攝影事業成功之後，他加入自由民主黨FDP，這是一個主張經濟自由主義的政黨，許多德國中小企業主都會加入。後來，政黨提名他競選巴通堡（法蘭克福鄰近城鎮）的市議員，他前後共當選兩次，並且曾在市議會待了八年的時間。

他說，德國選舉的方式，就是在報上寫文章，表達自己對公共議題的看法。我聽了十分驚訝，也告訴他台灣選舉的模式。他聽得目瞪口呆，覺得難以置信。因為做事太過操勞、認眞，他五十幾歲因心臟病動了很大的手術。有一次，他還調皮地把傷痕秀給我看，在胸部有一條像長長拉鏈般的痕跡。開完刀之後，他決定離開原來的工作環境，跟他的太太和兒子三個人，遠離家鄉的生活圈，搬到陌生的柏林，展開嶄新的生活。

和漢斯夫婦的認識，來自於一個奇妙的緣分。有一天，我在柏林動物園觀賞企鵝時，巧遇一對德國夫妻。那時漢斯正在拍攝照片和影片，太太諾艾美突然開口用中文說：「很漂亮，對不對？」我感到非常驚訝，詢問：「妳會講中文？」她回答：「一點點。」原來諾艾美小時候曾經跟她的父母一起住在上海。

從此以後，我們開啓了一段忘年之交的友誼故事，通常每兩個星期，至少會一起出去一至兩次。我們會相邀參加德國的大小慶典和民俗活動，也會一起去博物館或柏林郊外遠足，或是到布蘭登堡附近的景點玩，有一次還去看升降船舶機。這是一般觀光客絕對不會去看的東西。當然，一般人也不會有這樣富有文化素養的德國人擔任導遊，介紹地理環境、風俗文化和人生哲學。透過他們的講解，讓我深刻地認識了德國文化，眞是一段美麗的奇遇。

漢斯曾經告訴我，如何讓生活變得有意義的祕訣。他從四十歲以後，每年的聖誕節，都會寫一封聖誕節的信函，寄給所有的親戚、朋友。我也曾經收到了很多年。因爲寫這封信的緣故，使他每年都能夠過不一樣的生活，體驗不同的人生。不然，如果每年寫的內容都一模一樣，還有誰有興趣讀？這種聖誕節信的內容非常長，大概有兩、三頁的信紙，描述他在這一年裡如何過著不平凡的生活。我想我們會成爲朋友，也是因爲他需要寫這樣一封信，就必須認眞過著有趣的生活。

我會持續不斷寫臉書，或許是受到他每年寄出聖誕節信的影響。雖然他算是政治人物，但個性卻十分單純。有時候，看他走在路上，拿著一支冰淇淋，一邊走一邊舔，感覺跟小孩子完全沒有兩樣。他每年年底寄出這樣一封聖誕節信，並且靠著在報刊發表一些文章，竟然就能夠當選議員，眞的很不簡單。

一開始這樣密切和德國人交往，我實在感到很不習慣，心中也充滿莫名的恐懼。雖然自己的德文似乎還足以應付，但要融入德國人的社會，令我感到壓力很大。漢斯的兒子是導演，年紀和我差不多，女兒女婿是外交官，鄰居是洪堡大學的退休教授。

想到這些，不禁佩服起自己那時的勇氣。竟然敢用蹩腳的德文，談論台灣和中國的關係，還有當時的飛彈危機。甚至後來還用德文，和哲學系退休教授聊尼采和康德。非常幸運，能夠擁有如此有趣的留學生生涯。和漢斯夫妻相處的那幾年經驗，眞的比讀萬卷有關德國的書更加有用。

在柏林度過好幾個聖誕節，第一年是白色聖誕節，從來沒有看過那麼多飄零下來的雪花。在零下二十度的低溫下，即使雙手全插在口袋中，還是冷得直打哆嗦。看到五彩繽紛的聖誕夜市，喝一杯熱葡萄酒，那種沁人心脾的溫熱感，眞的非常舒服。和漢斯夫婦到菩提樹下大街的聖誕夜市閒逛，已成爲每年的一種慣例。夜市裡，空氣總瀰漫著一片熱鬧溫馨的氛圍，有令人懷舊的遊樂設施，也有德國工匠賣的一些小飾品和傳統的玩具。雖然人潮很多，但卻不吵雜，跟台灣的夜市差別很大。或許是氣候冷冽的緣故，在跌破零度的溫度下漫步，即使再熱情的群眾，也很難製造喧嘩的吵鬧聲。德國能孕育出那麼多有名的哲學家，可能也跟天氣的因素有關吧！

在夜市中，我們經常喝一種叫 Gluehwein 的熱葡萄酒，配著烤杏仁、栗子和羽衣甘藍。特別是手工杏仁餅，風味多樣化，口感酥脆、扎實，非常好吃。夜市攤位上還有聖誕節人物的巧克力、木製玩具、造型蠟燭、聖誕樹飾品等等，從中可以挑選自己想要或送人的聖誕禮物。夜市五彩繽紛的燈光十分迷人，雖然民眾來來往往、絡繹不絕，但環境維護得非常乾淨，沒有人會隨手丟棄垃圾。

我曾經在夜市看到一件運動衫，上面寫著「Rittmeister, Zahlmeister」。一開始，漢斯很尷尬地笑著，後來諾艾美也笑了起來。原來這件運動衫上的德文，字面意思是「騎馬大師，付錢大師」，意指「騎了五分鐘的馬，就得付錢養小孩十八年」。相信漢斯對於這句話有極深刻的體悟，因爲少不更事時有了小孩，讓他的人生完全變調。他有兩段婚姻。第一段婚姻，就在他十八歲時奉子成婚。因爲讓當時的女朋友懷孕，本來就讀準備上大學的文理中學，後來不得不轉換軌道，畢業後銜接職業學校。在職業學校當攝影師學徒的他，只能領到正式員工三分之一的薪水養小孩，生活十分困苦，這段婚姻因而維持不了幾年。諾艾美戲稱，他是家中最會胡搞瞎搞的老大，因此被父母放養而自生自滅。他三個弟弟的學歷都比他高，工作也比他體面——老二是律師，老三是建築師，老么是醫師。他在實行菁英教育的家庭長大，年輕時應該充滿著壓力。

有一次，我們一起走到國會大廈時，漢斯跟我闡述藝術作品「捆包國會大廈」的意義。他說，像國會大廈這樣的龐然巨物，雖然每天都從它的周圍經過，卻往往視而不見，感覺不到它的存在。用布將它包覆起來後，它似乎消失了，我們反而會去思考，布底下隱藏的到底是什麼東西？這個東西現在發生了什麼事？過去曾發生過什麼事？許多我們習以爲常的事情，是因爲它就在那裡，感覺好像永遠不會消失或改變，對於國會大廈是這樣，對於周遭的人事物，又何嘗不是如此？往往在喜歡的人或物消失了之後，我們才會去思考它存在的價値。時間和生命，不也是一樣？

我一直認爲「勿忘初衷」並不是一句空話，過有意義而一貫堅持的人生，才能感覺豐富。變色龍和機會主義者，就我而言是可悲的。爲了生不帶來、死不帶走的利益，在短暫的人生中，迷失了自我。直到死的那一天，仍然無法瞭解自己到底是誰。一心追求簡單、孤獨、無聊的生活，許多美好的人事物，才會不斷地重現，無論在現實或睡夢中。

人的一生，眞的沒有很長。年輕的時候，當然需要多方探索、追尋自我，但如果沒有自己的核心價值和思想，即使表面上得到再多的掌聲，內心還是覺得空虛無比。世界上，沒有人比自己更瞭解自己。那個眞實的自己，就如柏林的國會大廈一般，即使能用布把它包起來，讓自己以爲它不見了，但實際上它卻未曾消失。

我離開德國之後，熱愛攝影的漢斯仍然不斷接案工作。除了出版他的攝影專書和舉辦個人攝影展覽外，他們夫妻還從事關懷人道的社會運動。在難民融入德國的整合事務方面，得到德國紅十字會的聯邦熱忱服務獎章。

感謝德國友人漢斯，在停留德國的期間，帶給我如此豐富多采的德國文化體驗。現在，他已經離開這個世界了。雖然不曾忘記他，但我感覺自己人生的某些部分，彷彿也跟著消逝不見了。

有時沒選擇才是最佳的選擇

我在德國的第一年，研究所位於柏林動物園火車站的對面，地理位置實在超級棒，不僅到柏林工大走路只需十五分鐘，連最熱鬧的選帝候大街和卡迪威百貨公司也近在咫尺。當時冬季的柏林影展，就在旁邊的動物園皇宮戲院內舉行。從研究所的窗戶一眼望去，除了能瞥見威廉皇帝紀念教堂鐘樓的殘骸外，也可以看到柏林影展的大紅地毯。

那時候，柏林工大的餐廳，在平常日的週一至週五都開放營業，而且還供應午、晚餐兩餐。因爲地利之便，通常我的用餐問題都會到那裡解決。這點應該讓其他德國城市的留學生非常羨慕，畢竟自己做飯的確是很麻煩。但是，這樣的好日子只持續了兩年。由於研究所的房租實在太昂貴，後來，我就搬遷到較偏遠的郊區。直到今天，研究所的建築物，仍然在同樣的地方矗立著，並且繼續運作。

搬到郊區以後，用餐開始變得不太方便。雖然研究所有自己的餐廳供應午餐，但晚餐得靠自己去張羅。附近也有幾家德國飲食店，只是價格不但昂貴，又不合口味。後來，我在附近的資源回收站找到一家越南人開的中國快餐店。於是每天晚上，我都會到那兒吃炒飯。

炒飯主要是飯，再加上冷凍雞肉和一點點蔥。一份炒飯約台幣一百六十元，一瓶飲料台幣四十元，一餐大約台幣二百元即可打發。但吃飯時必須站著吃，沒有椅子坐。晚餐幾乎天天都吃炒飯，吃了兩年，曾經試過一次炒麵，但炒麵很油膩，比炒飯更難吃。

我認識的台灣留學生，大多不喜歡自己做菜，不像有些留學生那樣擅長烹飪。不僅經常採購、按照食譜做功夫菜，還會自己養酵母、烘焙麵包。有一位學長十分誇張，曾經趁著麥當勞大特價活動，一個漢堡只賣台幣二十元的時候，一口氣買了一百個，然後丟進冷凍庫，每天解凍一、兩個來吃，就這樣撐過三個月。

那時候，覺得人生最大樂趣有兩種：到中國餐館或肯德基打打牙祭。

我較常去的一家中國餐館位於選帝候大街。偶爾四、五個朋友會互邀過去用餐，包括小費，一餐大概要花費台幣二千元。媽媽和妹妹曾經過來柏林玩，我就邀請漢斯夫妻和另一對德國朋友，一起在那邊吃飯，大概吃了台幣四千元。不過，在這家餐廳，我們也曾經發生一件不愉快的事情。有一次預先訂好座位，大家也已經在窗邊坐了下來。突然，老闆娘看到似乎是常客的德國人走進來，竟然詢問我們能否將窗邊位子讓出來。本來我覺得無所謂，但我的大學同學——後來是台大電機系教授，感覺很不舒服，非常強硬地拒絕她。結果整晚老闆娘都擺臭臉來對待，最後離開時，我們並沒有支付任何小費。

至於到肯德基吃炸雞。當年柏林的肯德基，每天都營業到深夜，這又是柏林的一個特色，應該也是令人欣羨的事情。肯德基的炸雞口味最棒，因爲被炸得酥酥脆脆的，再配上特製的調味料，口感幾乎就跟台灣一模一樣。不同於台灣的情形，由於人道的考量，德國的牲畜在屠宰時，並沒有放血的習慣，所以吃起來通常會有一股腥臭味。但炸酥之後的雞塊，就掩蓋住不好的味道。有時我想吃宵夜，也會跑到肯德基去報到。對於生活苦悶的台灣留學生而言，那眞是一種人間最美的滋味。

由於在柏林的生活，幾乎餐餐都吃難吃的越南中國炒飯，養成我對食物不太挑剔的品味。只要能吃飽，不管吃什麼都沒有關係。在下雪的日子裡，穿著厚重的大衣，在雪地裡走著。如果可以找到一家中國快餐店，感受到店鋪裡瀰漫溫熱的油煙味，聞到從鍋爐中飄散出來的食物香味，我就感到非常舒適。即使食物味如嚼蠟，又只能站著吃，但心中依然充滿著感謝。至少炒飯是熱騰騰的，而方圓數公里內，沒有更適合的選擇了。

回台灣用餐，大概只有前幾個月還覺得快樂，因爲有各式各樣不同的餐館食物可以選擇。但久而久之，吃膩了，又開始覺得非常厭煩，不知該吃什麼才好。每當這個時候，我就會立刻想起在柏林那家僞中國快餐店，那個越南老闆娘親切的笑容，和那盤難以下嚥的中國炒飯。有時候，沒有任何選擇，才是最佳的選擇。不過，當時的我總是覺得無奈，並不知道那其實才是一種幸福。

7

chapter

第七章

不要為下一代做的事

面對未來世界的教育理念

有一天我早上起來，看到念國小二年級的大女兒，拿著《弟子規》認眞在背誦，這種情景眞讓我嚇了一大跳。《弟子規》不但是她們念幼兒園時，師長指定的教材；同時也是國小低年級必備的讀本，所以一直保留至今都沒被丟棄。其實孩子在讀幼兒園時，我們家並不鼓勵她們背誦《弟子規》，寧願她們出去快樂地玩耍，回家也不必按照規定做功課。我問：「書架有那麼多書，爲什麼非拿這本書出來背誦不可？」她說：「教師節就是要紀念孔子，而《弟子規》是孔子寫的東西。」她才國小二年級，既不能瞭解背誦《弟子規》背後相關的政治意涵，也不知道這本書根本與孔子沒有關係，她的想法應該都是道聽塗說而來。雖然我有丟掉她書本的衝動，但想來想去還是作罷。我們不可能保護自己的孩子，讓他們一輩子都能完全隔絕所有的思想毒素。只要身體健康，就不必害怕接觸細菌。當下只能這樣子想，並壓抑自己想丟書的心情，以免成爲一位霸道的父親。何況年紀這麼小的孩子，應當還不能理解大人一些複雜的想法；也還不知道在她們未來工作的人工智慧世界裡，背誦塡鴨的能力，根本派不上用場。

因工作上的關係，最近頻繁參加人工智慧相關的會議。這些學術界的朋友，大部分都不會德文，但有一次，我卻在一群學術界大老面前不知不覺賣弄起自己的德文。我提到「人工智慧」四個字的中文翻譯，並不能讓人領悟到詞語的眞正意義。因爲「人工智慧」的英文是「artificial intelligence」，而德文是「künstliche Intelligenz」，兩組詞語第一個字的字首，不管是名詞「art」或是「Kunst」，中文的意思就是「藝術」。「人工智慧」的中文翻譯，從字面上並無法讓人聯想到與藝術的相關性，而藝術才是人類讓機器最難學習的知識領域，這是我在席間講的一段話。會後有一位地位崇高的大老，一路跟隨我到停車場，詢問「人工智慧」的德文到底怎麼寫。

在人工智慧如此蓬勃發展的時代，除了人類的跨領域整合、感知與藝術領域之外，其餘所有的專業知識，終究有一天會被人工智慧所取代，而且未來這樣發展的速度，會遠比我們想像的還快很多。但我們現在的學校教育，似乎仍停留在以前背誦塡鴨的舊年代，沒有體認到人類的科技發展一日千里的殘忍現實。今日的教育如果還在強調背誦抄寫，把人訓練成機器，根本趕不上目前知識無所不在的資訊網路時代。在未來人工智慧主導的世界裡，人相對於機器的優勢若無法彰顯，教育如果無法幫助孩子戰勝機器的話，未來的社會生存勢必受到巨大的威脅。

至於對小孩的教育理念，我覺得第一個就是「鼓勵勇敢勝於馴服」。我觀察到許多有獨到想法的人，能勇敢面對自己，不被社會價值與外界制定的規範所制約，相對上可以活得比較有尊嚴，感覺也過得比較快樂。為了在惡劣的大自然裡能存活下來，每個人的天性原本都是相當勇敢，只是在成長的過程中，慢慢被馴化了。一個學運的領袖曾告訴我，他在某個地方工作了兩、三年，最後決定勇敢跳脫安穩的環境。因為這裡已經磨掉他原來的理想與熱忱，他開始社會化、庸俗化和正常化了。我很高興他能夠看清事實，離開原來的舒適窩，找回原本的勇敢、反叛和熱情。

第二個教育理念，我想應該教育小孩將來「要面對的最大競爭對手不是人類，而是人工智慧」。最近聽了一場有關人工智慧的演講，帶給我很多關於小孩教育的啟示。演講的內容提到：美國 Nvidia 公司的股價一路沖天，生產的繪圖處理器 GPU（graphics processing unit）數量供不應求，尤其它又能提供簡單切入的人工智慧演算法使用軟體，一般人只要用圖形的介面滑鼠拉一拉，就可以輕易運用人工智慧。從前述的趨勢觀察，我們必須知道，將來小孩要競爭的對象，絕對不是跟他們一樣的人類。電腦開始蓬勃發展之後，運算和記憶的功能，使得機械性的背誦毫無價值；人工智慧的時代，更使得有規律性的數學理論，步上機械性背誦的後塵，失去了原有的地位。

以前我念書時非常認眞，每天花費很長的時間，熟悉那些已經發展良好的理論，一心一意想要成爲一位具備某個領域知識的專家。在人工智慧的時代，首先要淘汰的就是像我過去那樣的人。一個專家的養成，在人類的世界可能要三、四十年；而人工智慧只要在很短的幾小時或是幾分鐘之內，就可以具備這樣的能力。如果複製自己求學和成長的經驗，套用在小孩身上，根本就是害慘了他們，更別提這個過程中孩子所蒙受的身心折磨。

許多歐美的研究都指出，人工智慧是會摧毀人類，風險最高的第一件事情。有人呼籲不應該把人工智慧運用在軍事領域，但是這樣的警告，對世界各國發揮不了作用，殺人的機器人軍團應該很快就會出現。人類具有自我摧毀的性質，這一點我很早就能參透。當年在柏林歌德學院課程中，有一次我們班在進行科技發展的辯論活動。當時我是站在反對科技發展的立場，因而被老師和同學們嘲笑。一個柏林工大的博士生，怎麼會反對人類科技的發展？但反對歸反對，那個反對人類科技發展的工科博士生，後來竟然也成爲工程科系的教授。其實，反對科技發展背後的邏輯很簡單：人類終究要走上自我毀滅之路，這是不會改變的事實，就像人有一天一定會死亡一樣。只是在死之前，你要選擇做什麼呢？總得要先生存下來吧！只要世界毀滅之前，台灣還活著，台灣毀滅之前，自己還活著，這才是最重要的。

確定自己是將來會被淘汰的一群，那麼何須再用自己的眼光和有限的經驗去看待小孩的教育？想到這裡，我突然感到如釋重負。要求小孩和自己一樣有張亮麗的成績單，對於親子的關係，將會是巨大的傷害。人的想法決定他的作爲和未來，年老者的經驗常常不足以幫助年輕人，而只是在自吹自擂、刷存在感，希望自己還能占有一定的地位，但這樣做，根本就會害死年輕人。我們在自己年輕時，從來就沒有看過像今天這樣資訊科技發達的世界，甚至無法想像如此進步的情況，這樣的人卻想要爲年輕人的未來下指導棋，未免也自不量力。對於小孩的前途，我們不能站在他（她）們的前面，但也不能漠不關心，就像小說《莫斯科紳士》中的亞歷山大．羅斯托夫伯爵所說：父母應該要退後三步，第四步就有點遠。

揠苗助長

某個春天的週日中午，跟家人聚在一塊用餐。當談到跑步的事情時，妻子轉頭徵詢兩個女兒的意見：「下午要不要跟我們一起跑個十公里？」過去，女兒們雖然已經參加過好幾場十米路跑賽，但是此刻兩人都異口同聲地表示沒有意願。於是我提議採用金錢獎勵的措施，方法是——跑第一公里給一元，第二公里給兩元，第三公里給三元，依此類推，直到跑完第十公里。然後詢問女兒，這樣每人總共可以領到多少錢？兩位小朋友雖然都已經上小學四年級了，但對於這樣的數學題目，計算速度非常緩慢，從一、二、三開始，一個數字、一個數字，慢慢做心算累加起來，最後弄到連自己加到哪個數字都搞不清楚，所以算不出正確的答案。

於是我就跟她們講一個數學家的小故事。從前德國有一個小學一年級的小朋友，老師出了一道題目，請全班同學從一加到一〇〇。這個小朋友在老師出完題目後的幾秒內，就立即將作業交給老師。他在紙上寫著「五〇五〇，因爲就是這樣」，然後就雙手交叉，無聊地坐在自己的座位上。而第二位小朋友，則是隔一個鐘頭後才交作業。在這整整一小時內，老師怒視著這個小孩，因爲其他小朋友都聽從老師的指示，按部就班地解答題目，唯獨這個小朋友不肯聽話，甚至還自作主張。

這個小孩的家境非常貧困，父親是市場賣肉的小販，母親是家庭主婦，身邊並沒有人能教導他功課的事情。但他從小就展現數學天賦，後來成爲一位偉大的數學家。這當然就是有「數學王子」之稱的高斯的故事。接著，我就在餐廳桌面的點菜單背面，寫式子教女兒高斯的解答方法。其實，我記得大概在二年前，也曾經教過她們一次。

天才兒童擁有超高的智商與過人的才華，是不少家長所欣羨的對象。但絕大多數的孩子，包括我女兒，生來就十分平凡。妻子與我卻認爲，這就是人生得以幸福、美滿的關鍵。如果我們的小孩都是像高斯一樣的神童，根本就驚恐萬分，要爲他傷透腦筋的事情相當多。例如，如何找到適合的學校以滿足他學習的需求？他如何跟看似呆瓜的同齡學童相處？能不能結交朋友？會不會被嫉妒或霸凌？會不會自戀？該如何提高情商到和智商相同的水平？要怎樣融入社會？當然最重要的一個問題是，人生會不會幸福？

我覺得自己相當幸運，在讀中學以前，除了偶爾幫忙爸爸的生意外，每天放學之後，幾乎都在玩耍。因爲父母忙於生計，身邊的玩伴也完全沒人在念書，自己根本不知讀書爲何物。因此，平白無故賺到一個空白、玩樂的童年。即使歷經中學時代填鴨式的苦讀生活，也不至於打壞讀書的胃口。直到現在，都還保有閱讀的濃厚興趣。對於任何事情，我們都有所謂的「內在動機」和「外在動機」，如何不被「外在動機」傷害到珍貴的「內在動機」，是多麼重要的一件事情。

在家長之間耳聞，目前的國小學童，都要拚命去考私立中學，升學競爭非常激烈。一些都會區的超級明星私中，錄取率非常低，我們家當然也收過這樣的宣傳廣告。我曾無意中拿到私中的考題，覺得其中有些試題實在過分困難。如果沒讓小朋友超前學習，應該不可能通過此類的考試。但這樣揠苗助長式的過度學習，眞的是好事嗎？

從小到大的求學過程中，遇到有些超前過度學習的「天才」，總是暗地裡爲他們感到悲傷。他們私下學習許多超越年齡的知識，練習很多智力測驗的題目。生活中別無他事，除了學習，還是學習。考出來的各種成績，讓父母可以在親友鄰里之間趾高氣揚。而超齡過度學習所展現出來的成果，在台灣的教育體系下，無論讀哪一級的學校，經常可以無往而不利。但是那樣耀武揚威的人生，究竟可以持續到幾歲？在校園中所學習的知識，範圍相當有限，當然能利用不斷超前、超齡的學習方法，勝過無數同儕。但是一旦進入到眞槍實彈的職場，無論在哪一個行業，恐怕很難再用同樣的方式，繼續展現自己的傑出。

讀書和學習是終身的事情，《成大校刊》曾刊登一篇我的文章，篇名爲〈給成大新生的三個小故事〉，我提到「勇敢無懼」「孤獨思考」和「否定自我」三件人生重要的事情。如果一輩子都活在過度學習陰影下的人，恐怕難以否定自我。光是要應付多如牛毛的學習內容，就需要竭盡全力，哪裡還會有孤獨思考的時間？天天都戰戰兢兢，唯恐落於人後，當然也喪失勇氣去對抗父母和學校所塑造的環境。

人一旦過慣超齡過度學習的生活，日子一久就被馴服了，很難眞正體會讀書的樂趣。台灣很多人在踏出校門之後，就不願意再接觸書本，有部分原因應該是來自揠苗助長的過度學習。如果希望孩子能獲得讀書的樂趣，自動自發地學習，一輩子都能樂於其中，千萬不要踏上過度學習這一條路。否則，一旦離開校園就失去吸收新知的胃口，依我看來，這絕對是一件悲慘的事情。活到老，學到老，能手不釋卷，終身悠遊於書籍中，是人生莫大的幸福。

你要把小孩送出國嗎？

有人問，我們家小孩是否想送出國念書？我的答覆是：兩個小孩年紀都還很小，現在對這一件未來的事情，並沒有太多的想法。我來自一所專門訓練學生考上醫生的高中，若是以考上醫生的人數，相對於進入這所高中的錄取分數，來做個比較的話，這所學校絕對是全台灣第一名的高中。可見全校師生有多熱衷或努力想讓這個傳統一直維持下去。

那麼，爲什麼我沒有選擇念醫科呢？其實我是個最符合台灣傳統教育訓練、擅長考試的塡鴨產品。高中生活每天上課、補習和念書共十幾個小時。三年如一日，幾乎天天都這樣過日子。我這樣的人應該不太會思考，也沒有什麼時間思考，當然也不會知道自己未來到底要念什麼——我只知道自己並不想念醫學系，未來不想當醫生。

「當醫生最安穩」是我最不喜歡的地方，總覺得如果跟著潮流去學醫，我未來的人生幾乎就是一成不變了。所以，只要不是醫學領域，叫我學什麼都能夠接受。當年在高中選擇類組時，還不像現在網際網路如此發達，有不少資訊可以參考；那時我只是純粹憑自己的直覺，就決定放棄學醫的機會。

第二個原因是我很「反骨」，但是從來就沒有機會表現出來。我的父母絕對不曾感覺到我曾經歷過青春期的叛逆。我就是這樣體貼、懂事，每天自己去上課、補習、念書。然後每次的考試，都把第一名的獎狀帶回家，獻給忙於生計的父母。「安穩」和「隱性反骨」可能是我不學醫的主要原因。當然還有一些次要原因，包括醫生工作的內容，天天要面對愁眉苦臉的病患，常常要接近死亡和死亡的邊緣、自己悲觀的傾向與多愁善感的性格等等。

對於不念醫的決定，我也不是從來沒有後悔過。台大電機系大二念三電二數（三電指電子學、電路學、電磁學；二數指線性代數、複變函數與機率）時，眞是苦不堪言，又要忍受被同學電得很慘的滋味。有時和同學一起喝酒、相互取暖的時候，不免懷疑自己的人生，悲嘆自己爲什麼要走上這樣痛苦的路。大三下的時候，家裡一貧如洗，眼看著同學們一個一個在準備出國，考托福與GRE，多麼令我羨慕，不免哀嘆自己爲什麼要走上這樣悲慘的路。在德國念博士、做研究的階段，一點靈感都沒有，眼看畢業還遙遙無期的時候，不免傷嘆自己爲什麼要走上這樣淒慘的路。當初怎麼那樣狂妄地自以爲是，不肯乖乖聽從師長苦口婆心的教導，去當個救人濟世的醫生，人生不是比較有意義嗎？

我大學以前受的塡鴨教育，完全沒有訓練思考的能力。雖然我是全國聯考前幾百分位的教育產品，卻也是一根貨眞價實、不會思考的蘆葦。所以大一上學期剛開始接觸「哲學概論」時，我即使很認眞把教科書全部都讀完，學期成績也只能拿到六十分，而且應該是要感謝老師放水，讓我勉強可以過關吧。不過到了下學期時，腦筋似乎開竅了。最後，成績得到九十幾分。因爲進入大學開始，我從中學天天都在讀書考試、只爲創造分數的機器生活中，逐漸脫離出來。開始接觸形形色色的事物，參加各式各樣的活動，並且學習許多課業以外的知識。觀察我周遭的一些人，似乎一輩子都沒有什麼改變，還一直停留在讀書考試的階段。而其他的東西，在他們人生的選項中，根本完全就不存在。這正是爲何台灣有許多知識分子，除了專業以外，不太思考事情的原因。

聯考的升學制度，表面上似乎很公平，沒有一絲一毫偏頗。菁英主義思考、主導所建立的社會，強調的是階級，沒有多元價值，常常需要分高下來展現自信。聯考制度正好可以滿足這樣的需求。只要成績贏過別人，表示我樣樣都比別人優秀。這個交易十分划算，一次的升學考試，只要念了第一志願，在這個社會就可以當王一輩子。就讀和畢業的學校，代表一種階級。小孩不乖乖讀書，還要去探討什麼人生其他的意義呢？這是文化的問題，如果根本不能改變，教改再怎麼改，一點也沒有用。

周圍許多有能力的朋友，都將自己的小孩送到國外念書，我不知道這樣是好，還是不好？如果關心孩子的教育，當然可能是很好的選擇；但是如果考慮土地、人情、家庭和社會，在國外念完書，選擇繼續待在留學國或返回台灣生活，都將是困難的抉擇。

當初在德國求學，最後我選擇回國了。至於我的小孩將來想不想出國念書，或出國念完書後想不想回國，或是想直接留在國外生活和工作？這些事情，我不能幫她們決定，這是她們自己的人生！就像我當初不念醫一樣，自己做的決定由自己來承擔後果，是再公道也不過的道理。如果她們自己眞的想要出國念書，我當然會支援她們一定比率的費用；如果她們不願意出國念書，我覺得待在台灣也同樣很好。

珍惜親子關係的保存期限

曾經有場大學時代朋友的聚會，一個友人的談話，令我感到有所收穫。她說：「當小孩長大之後——十八歲離家念大學，他和我們的關係，跟從前再也不一樣了。一切都要重新開始。」從她女兒孩提時，友人家的親子關係就相當令人羨慕，父母與孩子之間擁有良好的互動。雖然他們不算富有的家庭——一年的家庭所得，大概就是女兒在美國讀書的一年開銷，但爲了女兒的心願和教育，夫妻兩人全力支援女兒到美國留學深造。而她女兒很爭氣，申請到美國著名的大學。

在她女兒離家之初，總是看到友人在臉書貼文上流露思念和不捨，母女之間的牽絆很深。女兒在美國念書十分辛苦，因爲花費父母那麼多的錢，絕對不能選修營養學分；所有的修課，一定要值回票價。她離家讀書幾個月之後，友人特別請假飛往美國探訪，希望母女能共遊美國，留下一些歡笑的回憶。但是課業忙碌的女兒，根本撥不出時間，來陪伴她遠道而來的媽媽，更別提四處遊山玩水的事情。所以友人在美國停留的期間，主要工作就是待在家裡做飯，等待女兒回家一起用餐。

友人又告訴我們，當小孩長大之後，他們再也不會是原來心目中的那個小孩子；需要我們的部分，再也不是過去那種親子關係的模式。父母和兒女的關係，一切都要重新開始。當友人從美國要返回台灣之際，甚至還非常擔憂，萬一女兒說：「機票那麼貴，我會好好照顧自己！」這就表示，她明年不能繼續去拜訪女兒了。幸虧她的女兒在送行時，對她說：「那妳下一次什麼時候再來？」這句話讓她感到欣喜若狂。

我們為人父母，不僅要學會放手，還要學習謙卑。當小孩很需要你的時候，你無怨無悔地付出，這並不代表你可以擁有他們的一切，因為他們是完全獨立的個體。情感上的過度牽絆，心理上的過度依賴，絕不會是健康的親子關係。我們往往被「夫妻」「父母」「子女」「朋友」這類的名詞所欺矇。殊不知這些身分的關係，都不屬於靜態，而會隨著時間、環境的變化，跟著改變。如果你以為擁有這些名詞上的身分，就應該具有那種定義上的關係，這並非理性的想法。無論我們的哪一種身分，如果都能以「平等」且「不求回報」的態度來對待，彼此的關係才能長長久久。這是聚會中我從友人身上所學到最寶貴的一課。

如何當明智的父母？

家庭是每個人的避難所，可以讓人感到溫暖安全的地方。如果生活中遭遇挫折和壓力，我們可以躲藏在家裡，讓心靈獲得撫慰和療癒。然而，家庭也可能成爲一個褊狹、禁錮身心的囹圄，是滋生傷痛、創傷和心理問題的溫床。孩子對於自己的父母，可能感恩圖報、覺得有所虧欠，當然也有可能感到怨恨憤怒、視其爲不完美人生的代罪羔羊。對於陪伴自己生長的原生家庭，有人會迴避逃離，也有人會歸附趨近。對於諸如此類的問題，奧地利心理學家佛洛伊德和古希臘哲學家亞里斯多德有著不同的看法。

佛洛伊德認爲，每一個兒子都有想把父親殺死的傾向，藉此可以完整占有母親。孩子對於父母，應該要感到憤怒，掙脫兒少時父母給予的種種桎梏，人生才能得到眞正的自由。至於亞里斯多德的看法，則跟他完全相反。他認爲一個不能感受父母恩情、不尊敬父母的人，必定不是一個好人，也不會是一個好的公民。

在現代的家庭，子女與父母之間的關係，和以往的差距有天壤之別。尤其當財富的累積不再合理——資本主義的極端發展，使得個人的努力，很難翻轉出生的階級。在這樣的社會背景下，家庭的依附關係變得更加不尋常。許多出生在上流社會的人，秉承父母無限的資源，親子關係連結得非常緊密。父母對於子女的言行舉止、婚姻家庭、工作交友等，都具有極大的影響力。父母的價值觀，就等於孩子的價值觀。一直到父母失去掌控能力——從體弱、年老，生病、死亡到財產轉移，或許子女才感覺自己可以喘一口氣，認爲眞正自由的人生來臨了。

出生於中產階級的家庭，父母對小孩的影響力，也可能很深遠巨大——不管採用何種教養方式。有些父母採開放性的態度，任由小孩自由發展，明確切割自己的責任範圍。這樣長大的孩子，可能過得很辛苦，因爲以社會發展的狀況，失去父母奧援的小孩，容易墮入下層社會。也有些父母願意全心全意投注一切資源給兒女，甚至讓孩子念貴族學校、出國深造。對子女的付出，遠超過自己能力所及；相對地，對子女的期待也非常殷切——不僅希望子女未來能夠成龍成鳳，並且可以知恩報德。特別在老年之後，還期望能得到小孩的照顧，一廂情願地忽略社會的現實。雖然自認已無私地奉獻出自己的所有，但實際上卻讓小孩掙扎於相對弱勢的生存環境。這些跨越社會階級的小孩，內心可能深感疑惑，與同儕相較之下，父母給予的資源相對較少，這樣能算是好的父母嗎？

最近有個朋友提到，父母耗盡心力和投注資源，讓小孩可以出國讀書，但卻請教我應該如何做，才能讓子女心存感恩。另外，曾經有一個十歲小孩，在奧林匹亞數學、圍棋、溜冰各項成績都很傑出，也是全班第一名，但是他卻認爲「爸媽不配擁有我這麼好的兒子」。這讓父母感到非常困惑與矛盾——資源明明不足的人，硬要透支自己的能力，費心栽培小孩，而這樣成長的小孩，最後竟然會責怪或看不起自己的父母？所以，如果是明智的父母，要不就別給子女自己給不起的東西；一旦給了，千萬不要奢望回報，否則親子雙方彼此都痛苦。

生長在下層階級的孩子，在人生一開始時，可能就要背負父母的一些包袱。只有非常有理性、有良知的小孩，才不會對父母生氣。但是在這樣的家庭長大，無論是基本的生活知識，或者是謀生的技能，都很難在家裡學到，通常會發生世代的惡性循環，代代都無法超越翻身。

第六章曾談到德國的大學爲何沒有排富——有錢人家和窮人家的小孩，在大學念書爲何一樣免學費？主要原因是基於個人主義的思考。傳統的東方人對於家庭的觀念，實在太過濃厚，家庭幾乎可以代表自己的一切。雖說西方超級上層的家族，也存有這樣的現象，但是畢竟爲數不多，甚至還能明白「嬰兒一呱呱墜地，就是獨立個體」的哲學概念。

必須先是人，才是先生或太太，才是小孩或父母。每一個人孤獨而來、孤獨而往，都依靠自己去探索生命的意義，並承擔自己的選擇和責任。對於自己的父母，是不是感到怨恨憤怒或感恩圖報，相信不同的人，也會有不同的答案。身爲父母，不管小孩的想法比較傾向哪一方，必須能瞭解自己與小孩都是獨立的個人。這是爲人父母者，首先當具備的基本認知。

父母不該功利地對待自己的子女——聰明乖巧的、成績優秀的、讓自己覺得有面子的小孩，就對他比較好；不循規蹈矩的、功課差勁的、彷彿家中黑羊的小孩，則對他搖頭嘆息。此外，不應該超過自身能力而過度地付出與奉獻，因爲太過犧牲的付出，會轉變成「有條件的愛」——在盤算或直質的情況下，所給予的愛，例如「我愛你，如果你……」。這種愛是一種控制性的愛，又如「我愛你，爲你付出我所有的一切，所以你將來要孝順我」。這樣有條件的愛，其實愛自己的成分比較大。「有條件的愛」，通常不會衍生出健康的親子關係，因爲彼此的關係並不對等，很難眞心對待。

父母對於子女的犧牲或奉獻，都應該量力而爲，不管在物質或精神方面。現代社會中每一個人，未來都要面臨老年生活的經濟問題。表面上，父母似乎比小孩擁有更多的能力、更多的資源，但是如果將時間軸拉長到未來，自己能否安穩度過晚年，獨立負擔自己養老與照護的費用，在今日的社會，這一向是個沉重難解的問題。

苦當然不能苦孩子，但是「苦」的定義，到底是什麼？不要強硬灌輸子女自己的價值觀，不再利用小孩來滿足自己的虛榮心，開闊自己的胸襟來包容孩子對未來的選擇，領悟小孩不是父母的複製品或財產，相信在這樣的情況之下，對「苦」的定義，將會有不同的解釋。最後，引用德國心理學家弗里茲．皮爾斯的話來做結尾：「我活在這個世界，不是爲了符合別人的期待；同樣地，我也不會覺得這個世界，必須符合我的期待。」

大人們放手吧！

大多數的大學教師，都需要擔任導師。導師重要的工作之一是，導生如果出現在退學的警示名單上，要想辦法去瞭解背後的原因，並知會學生的家長。而會被列在這份警示名單中的成大同學，在過去著實不多。至於主要的原因，是對人生產生相當大的懷疑，無法再繼續忍受下去。以前念中學時，受到父母和師長的循循善誘或善意蒙騙，認爲只要能上大學讀書，人生就應該沒有什麼問題。天眞可愛的同學，十分相信這樣的說辭；一旦進入大學之後，才眞相大白。通常這些同學有強烈的反抗意識，不像其他的同學那樣溫順，不過他們並沒有反抗的能力，只好沉迷於社團或網路遊戲。而他們之所以會淪落到如此的下場，我還沒有遇過是因爲男女朋友交往的問題。

很少年輕或熟齡的大學教師，自己已經有上大學的小孩。大學教師在輔導學生方面，其實也沒有足夠的經驗。並非上了幾次學生輔導的課程後，就能具備處理學生問題的知識與能力。導師最主要的功能，除了導生請假時，幫忙核章簽名之外，似乎是每學期一次的師生聚餐時，要跟自己的導生見見面、聊聊天。至於其他的時間，彼此恐怕連見個面的機會都沒有，尤其是在導生並沒有修習任何導師開授課程的情況下。在專業分工如此精細的大學堂中，導生沒修導師的課，這也是屢見不鮮的事情。以前我們念大學時，情形也是一模一樣，幾十年來幾乎沒有任何的變化。

在德國的大學裡，完全沒有任何人會去管你。念書不但免費、不用花錢，而且個人的自由度很大——想幹嘛就幹嘛，想讀多久就讀多久。所以同居的大學生、已經結婚的大學生、養育小孩的大學生或中年的大學生，人數也不算少。大學生可能迷失在校園裡面，可能在校園享受學術殿堂的薰陶，他們都要爲自己所做的選擇，自行承擔責任，後果自負。

有很多德國的大學生沒有畢業。他們可能書讀一讀，就中輟去追求人生其他的理想；或者原來的專業學一學，興趣轉移到其他的專業領域。例如：最初學法律，但更熱衷於音樂和文學，後來成爲作曲家；原本念物理系，想瞭解電腦中毒的原因，竟然變成資安專家，完全忘記自己以前到底學了什麼專業。學生有一天突然消失了，再也不出現於校園中，學校根本也不管。這是習以爲常的事情。

這些不想讀書或想輟學的大學生——即使已屆滿法定的成年年齡——如果是在台灣，父母不希望他沒有畢業，導師要想盡辦法瞭解他的狀況，甚至大學會把他趕出去，因爲他沒有遵照設計好的課程修課，沒有按照正常該走的軌道走。自己愛標新立異，根本就是胡搞一通，誰管他有沒有任何想法，有沒有什麼創意，我們最不歡迎會亂搞的學生了！

有次一個同學來探詢德國留學的事情，問是否免學費、排富的問題，我說完，他點點頭，一副似懂非懂的模樣。我不曉得他能不能體會，當自己戶頭只剩下幾萬台幣存款，還沒有拿父母的一毛錢，前往德國念書所享受到的那種「自由」和「獨立」的感覺，那是一種無可取代的尊嚴與驕傲！

台灣的父母，放手吧！這是孩子自己的人生，請讓他們自己獨立去探索，去承擔責任和後果，小孩才能眞正長大——不管是有關他們的學習，或他們想自主決定自己的未來！

假戲眞做的自我期許是影響小孩發展的關鍵

我們家有一對念小學的雙胞胎女兒，最近數學的學習成績，兩人都不怎麼理想。平時考考卷，帶回來讓爸爸媽媽簽名，經常只有七、八十分。考前的模擬考試，大致上也是這樣的分數。小二的數學重點，除了加減、長度、平面圖形和看時鐘的時間以外，就是乘法。對她們而言，乘法是完全嶄新的單元，雖然背誦九九乘法表還不至於有困難，但是在應用題的作答時，卻容易發生錯誤。乘法的計算公式可寫成這樣：被乘數×乘數＝積。小學生根本搞不清楚被乘數和乘數的定義，時常會前後倒置而失去整題的分數。即使式子寫正確了，也純粹因為運氣好，而不是眞的明白被乘數和乘數的定義。

雖然我自己小學的成績也不好，但是當小朋友拿這樣的分數回來，全家人都不開心。尤其小女兒跟我講：「爸爸，我愈來愈不喜歡自己了。英文不會，國語不會，現在連數學也不會了！」妻子和我都花費不少的時間，跟她們解說被乘數和乘數的定義。甚至在家庭生活或接送上學的途中，也進行機會教育——利用路上看到的景物，例如房屋、樹木、花草、鳥兒、汽車等等，就地取材反覆出題，檢驗她們是否眞的學會了。

「公園裡有三個蹺蹺板，每個坐四位小朋友，請問共有多少位小朋友？」

「4×3＝12！」女兒不約而同地答對了。

「母親節時，媽媽收到五束花束，每束有八朵康乃馨，請問媽媽總共收到幾朵康乃馨？」

「8×5＝40！」小女兒搶答成功。

「學校對面的菩提樹，每棵都有六隻斑鳩在休息，那裡一共有九棵菩提樹，請問總共有多少隻斑鳩？」

「這個簡單，讓我回答！6×9＝54！」大女兒大聲地說出正確的答案。

就這樣，不曉得重複練習了多少次，費盡九牛二虎之力，認爲雙胞胎姊妹都已經明瞭被乘數和乘數兩者的不同了。我們不禁爲自己和女兒喝采，覺得教會小孩眞有成就感。隔了幾天之後，再來驗收一次成果，就爲自己的循循善誘，小小開心一下也好。

「十字路口，有五輛轎車在等紅綠燈，每輛車上坐三名乘客，請問總共有多少名乘客？」

「5×3＝15！」

「傳統的民俗舞蹈表演，共有四組的女孩在舞台上跳舞，每一組有八個人，請問總共有多少個人？」

「4×8＝32！」

姊妹兩人竟然同時突槌，而且還連續錯了兩題，乘法的學習，再度回到原點。要正確列出乘法式子的前後順序，連一般的大人都可能混淆，對小朋友卻如此嚴格的要求，到底意義在哪裡？難道我們的教育制度，就是用這種僵化的方式來打孩子的學習成績，然後再強調分數並不重要？不過看到孩子們的反應，我認為分數真的很重要！

能夠明白清楚這些數學定義，是非常棒的一件事情，但真的能對這些定義搞得一清二楚的小二學生，可能爲數不多。更何況能明白這些定義，對孩子未來的人生和學習，到底有什麼幫助呢？是否每個孩子將來都要成爲能精準定義的科學家呢？恐怕有些科學家，在他們小的時候，也不是很瞭解這些數學名詞的明確定義。

爲瞭解決我們家的困境，我決定放棄正統的定義教學，改教她們一個口訣「單位小的數字，要放前面」。果然她們的期末考都帶著優秀的成績開心地回家，全家人都覺得幸福快樂。雖然最後她們都能得到很好的成績，但應該還是對這些定義模糊不清，靠的是我教導的口訣來應付考試。

從我們家前述的例子，就知道爲什麼在台灣會時興補習。教育的內容過於僵化；評分的方式打擊孩子的信心；只要能找到武功祕笈，便可以取得高分。甚至在十八歲的時候，就有機會去賺取一張一輩子都衣食無缺的醫學系門票，爲什麼不送小孩去補習呢？

我在台大電機系念書，在成大電機系教書，雖然都是不錯的學校科系，但對高中生而言，還是有「第一志願」和「不是第一志願」的差別。這兩個學校科系的學生，到底有什麼區別？我覺得主要不同的地方，就在這句口訣——「我覺得自己可以做得到」而已。分數重不重要？排名到底重不重要？有時候很重要，有時候不重要，但在一開始時，都是很重要的。這是弄假成眞、自我期許，相信自己什麼都能做到的第一步。

大部分台大的學生，相較於成大的學生，在「相信自己什麼都能做到」這方面，都擁有更多的自信，更不用說跟體制內的其他學校相比。但我深信，只要成大的學生也能夠相信這句口訣，他就可以跟台大學生表現得一模一樣，甚至還更加優秀。業界已經有很多的實例顯示，許多成大電機系的系友，有更高的事業成就。其實大部分學生的程度都相差不遠，主要差別就在於「相信自己什麼都能做到」這句話。這句話實在十分神奇，而且非常重要。

不會的東西，以爲自己學會了，而且也能夠得到好的成績和社會的肯定，是多麼重要的一件事情，這就是所謂的「弄假成眞」。很多創新的力量，都是源自於弄假成眞。像我這個本來不太運動的人，有一天開始要求自己，幾乎每天早上一覺醒來，都去跑個十公里。至今已經跑了三年多，累積跑量超過八千五百多公里——平均日跑量約爲八公里，這也是同樣的道理。「我覺得自己可以做得到」是非常關鍵的一個想法。可惜我們的學校教育，通常在打擊孩子這樣的想法。

相信大多數的成人，可能都不知道乘數和被乘數的定義是什麼。但在我們的學校，卻要求一個才小學二年級的孩子，能夠正確區分且作答。然後用這種嚴格的統一標準來判斷小孩是否聰明，有沒有應用能力。似乎沒考慮到這會打擊孩子的自信心，以至於讓孩子誤以爲數理學科是自己的罩門。甚至對於未來的學習，留下一輩子的陰影。這難道不是一件很悲哀的事情嗎？

我認爲任何一個小朋友、青少年，甚至成年人，將來成爲什麼樣的人，主要並不是依賴「能力」或「智商」，而是從「假戲眞做」的自我期許開始。當覺得自己什麼都能辦到，什麼都難不倒自己時，那種信心所產生的力量，將是超級無敵強大。希望每位在學的學生，在數理這一關，都可以和我們家的小孩一樣，沒有被數理的名詞定義打敗，能夠得到足以支撐自信的成績。而身爲家長的我們，在幫自己的孩子簽聯絡簿和試卷的時候，是不是應該好好思考這個問題？

不用擔心您的數學問題。我可以保證，我自己的更大。

——愛因斯坦

8 chapter 第八章

我跑馬故我在

跑馬拉松獲得的存在感

從三年多前買了運動手錶開始跑步，到寫下這篇文章，已經一千多個日子了。超過一千個小時。在這段不長、也不短的時間中，我總共跑了八千五百多公里，完成二十幾場馬拉松的賽事。

即使是一件小事，如果能夠不停地去做下去，重複一千次之後，就會令人感動。沒有知識的人，如果能夠念完一千本書，寫文章或說話自然能夠如行雲流水。開始研究生涯的菜鳥學生或學者，只要能夠閱讀完一千篇的學術論文，就能對那個領域的專業瞭若指掌

至於跑步的一千多個日子，絕對有足夠的孤獨時間，讓人思考任何嚴肅的問題。

根據運動手錶的統計數據，我的每日平均跑量比九九%的人都還要多，為什麼

我會這樣拚命地跑個不停呢？

我自己想了想，大致上可以歸納成以下幾個原因：

一、跑步的感覺很好

二、酷愛跑步成癮了

三、體力和精神愈跑愈好

四、可以吃很多東西卻不容易發胖

五、抗壓、抗憂鬱

六、享受孤獨，不會被吵

七、很長的時間可以思考

八、可以一覺睡到天亮

九、體態身形變好

十、存在的感覺

當參賽馬拉松的時候，對一個選手而言，對手是四十二．二公里，不是其他參賽者，也不是時間。

在人世間各式各樣的競爭中，對手很少不是別人或時間。跑馬拉松讓人從時間壓力和他人地獄中掙脫出來，在追逐的有限距離中遨遊。馬拉松的魅力在於不與人競爭，不與時間競爭，甚至也不與自己競爭，而是悠然地走進一個自由想像的空間中，享受沿途的風景。

我嚮往的不是PB，不是BQ（Boston Quilifier，意指波士頓馬拉松的速度門檻），也不是破三（三小時內完成馬拉松），而是希望有一天，期待的終點能夠從原本開始跑步時的愈近愈好，轉變成愈遠愈好，那天我就是馬拉松王者！

迎接自己想要長大的跑步人生

我之所以會開始跑步，純粹是因爲修民學弟的推坑，他同時也成爲我跑步的啓蒙老師和教練。當時他剛跑完二〇一七年的柏林馬拉松，跟我說：「學長在柏林念書，那你跑過柏林馬拉松嗎？」於是我興起了想跑馬拉松的念頭。跟以往做任何事都一樣，我總是對自己無情而殘忍。因此，我還沒有正式開始跑步之前，就事先報名了約兩個月後、由北港朝天宮舉辦的半程馬拉松。當然，我對於自己到底能否順利完賽，內心仍存有很多疑惑。雖然事後看起來好像毅然決然，但是報名當下眞的是天人交戰。塡寫報名資料一直到第三次才完成，前兩次都塡了一半就反悔，然後半途而廢，最後硬著頭皮送出報名申請，害怕自己臨陣退縮，所以在第二天清晨上班之前，立即去便利商店繳了報名費用。

在比賽日期二〇一七年十二月二十四日的前兩天，我剛好在成大騎腳踏車摔倒，左膝受傷，心想眞是個好藉口，可以不要去北港跑這個二十一公里的半馬拉松。

想不到教我馬拉松的修民老師，在跑完柏林馬拉松之後，又以五一〇的成績跑完了富邦台北馬拉松。他突然送來一個訊息：「學長，我會在北港馬的終點幫你加油。」原來修民老師要來監督他的學生到底有沒有參加考試，是否臨陣脫逃，我只好硬著頭皮上場。

參賽北港半馬賽的前一晚我幾乎沒有睡覺，心中有許多聲音在拉扯：

「人生有必要這麼累嗎？」

「空氣汙染很嚴重！」

「跑步其實並不健康！」

「你沒有那種美國時間！」

「你沒有毅力做到！」

「回家睡覺比較實在！」

「還是算了吧！」

一個月前做的訓練計畫，我大概只完成了二五%，計畫趕不上變化，變化趕不上老師的一句話。那時剛好是聖誕節假期，跑步前一天我們全家到三源牧場吃飯，同為留德博士的陳老闆好意拿出慕尼黑的啤酒，熱情地說：「我們不賣酒，只有朋友來的時候才會請喝酒。」雖然雙方初次見面，但是老闆的盛情難卻，我已經很久沒有喝酒，一喝我就知道完蛋了，這啤酒有夠好喝。跑步當天早上，我頭痛欲裂，早上兩點半就起床，三點到便利商店買咖啡、香蕉和飯糰當早餐。修民老師說，跑步前兩個小時一定要吃完早餐，也就是說，我在四點之前用完早餐。用餐時遇到一個非常時髦、全身名牌的小姐，聞起來全身酒氣，好像剛從特種營業的場所下班，跟一個胖胖的男店員盧了半天，一下說她手機掉了，一下又找不到鑰匙。這個小姐跟店員爭吵許久，現場除了他們之外，只有我一個人。我還想說如果有糾紛，警察來的時候，一定得要發揮我的功能，維護社會正義比個人去跑什麼馬拉松重要多了。想不到後來，那個小姐決定要找鎖匠幫忙開門，不再誣賴小七店員拿了她的鑰匙，我連忙跟那個小姐講，現在凌晨三點她要去哪裡找鎖匠，她好像沒有聽到，頭也不回地離開，讓我連最後的棄賽藉口也找不到了。

我開著一輛二十年的老車，雨刷的橡膠脫落也沒時間去修理。三點多的路上一片大霧，不曉得是雨水還是霾霧，在漆黑的夜色中，沿著省道慢慢開，接連經過虎尾、土庫兩個鄉鎮，舉目遙望，四處壟罩在一片霧茫茫、虛無的世界裡，能見度大概只有五公尺。四點多抵達北港的時候，天氣卻突然放晴了，我看到工作人員正在道路上部署交通管制的三角錐，終於到達了北港國中附近，這時到處已經是車水馬龍的景象了。我自己一個人單獨前來，有些參賽者帶著朋友一起來，許多是一家人，看到有個爸爸連跑個五公里也要全家四點多跟來陪伴他，像個大英雄似的。但看見他小孩窩在牆角一副睡眼惺忪的模樣，覺得實在有夠可憐。

我辛苦地跑完了半馬，成績是二五三，比前一週私下進行的模擬跑，進步半個小時。這也是為何我衝到終點時，沒見到修民學弟和妻女的原因，他們沒人料到我可以在三小時內完賽。剛開始起跑時，原本我的策略是維持九分速即可。這樣藉助牛頓牛頓第一運動定律來跑，我只負責摩擦力的部分。如果這麼跑，雖然很輕鬆，但全程確需要花費三個半小時才能到達終點。只不過，我發現一個在起跑時就見到的爸爸，推著娃娃車跑，竟然還能跑在我前面。是可忍，孰不可忍。我不得不改變策略，加速到八分速。

大概跑到十一公里時，有一個七十多歲的老阿伯好意糾正我：「跑步時不能看地上，不然會跌得狗吃屎，一定要看三十公尺以外的地方！」他自己已經跑了三十六年的馬拉松，又問：「你第一次跑，對不對？」果然是有經驗的老鳥，一眼就能識破菜鳥。當然我很明白看著前方三十公尺的道理但是知易行難，累到頭都抬不起來，怎麼看著前方三十公尺？我跑到十八公里時感覺最痛苦，那時候左腳突然抽筋，只好暫停下來約一分鐘，揉一揉僵硬的肌肉，忍著疼痛再繼續跑。本來還以爲自己有機會在兩小時四十分鐘完賽，因爲跑完媽祖廟前的紅地毯時，我就誤以爲到達終點了。雖然覺得有些怪，但還是停下來問人，當得知終點在前面一百公尺時，我奮力往前衝，但最後完賽還是超過了兩小時五十分。

這次的成績還算不錯，修民老師諷刺我說：「就是那種高中成績好的怪胎，才會連路跑都要有模擬考。」其實成績好的原因，可能是因爲昨天三源牧場的陳老闆請喝的慕尼黑啤酒裡面有特殊的成分，就好像吃了類固醇一樣。還有之前去仁義潭練習路跑，那邊坡度的落差上下兩百公尺，而北港馬拉松的坡度還不到二十公尺，所以感覺跑起來輕鬆很多。當然還有最重要的一點，雖然我一直都不承認，但我的確流著喜歡跟人競爭的血液。

我在二〇一七年十一月九日開始正式跑步，這一天我跑了一公里，這對於從小到大都不把運動視爲重要事情的我來說，眞是非常特別的日子。從這一天之後，我幾乎天天都跑步，不管人在亞洲、美國或歐洲，去到每一個城市，早上我一定會跑步，雖然以前也是過著東奔西跑、顚沛流離的生活，但跑步這樣新奇的經驗是以前所沒有的，在國內、外城市跑步的經驗非常美好，個人自然而然就變成城市景觀的一部分，完全融入在這個城市的生活當中。

我想要跑步之後，便決定買支運動手錶。而自己的大學同學恰巧就是世界著名運動手錶公司的高層主管。頑皮的我，就要求那位同學「用員工價幫我買」，另外一個大學同學也來搭乘我的順風車，一起起鬨、大鬧這個十分忙碌的主管同學。因爲擔心他不肯收錢，讓他破費，還威脅說不收錢就寄小額匯票讓他不堪其擾。

我並沒有報名參加十公里賽事，直接從半馬開始挑戰，正式比賽的前一個星期天，自己去模擬比賽的路線跑了一次。我從來沒有跑過二十一公里這麼長的距離，自己的訓練方式就是每天跑個十公里。模擬跑的那天，我足足花了三個半小時才跑完全程，跑完之後完之後，立即到便利商店購買兩大瓶的運動飲料。但因爲反胃，才喝完一瓶後，就忍不住在商店門口的水溝嘔吐了起來。

幸好一週之後順利完成北港半馬。又隔了一週——剛好是開始跑馬當年的最後一天，恰巧是一個星期天——我以七個小時完成了一場自我訓練的全馬。跑完後，筋疲力竭。妻子帶著女兒開車接我回家，我們一起送走了二〇一七年。就在這一刻，我才眞正知道自己原來也能跑步。

跑步的好處很多，最棒的是那種可以隔絕俗世的孤獨。台灣的知識分子閱讀太多、思考太少；分析太多、批判太少，讀書人通常都要歷經塡鴨、餵養的過程，即使掙脫單一價値、單一方向的知識傳遞方式，常常也無法深刻地思考，即使能夠分析問題，也很難以批判的角度來看待事情。一般而言，無法綜觀全局、半調子的進步觀念往往都是缺乏深刻思考的結果。想法的改變會對行爲造成很大的影響，個人的思想決定了自己的作爲，影響自己的命運；一群人的思想決定了集體的作爲，成爲社會的文化。

跑步，尤其在跑馬拉松的當下，眞的是非常適合思考的時機。或許有人反駁說靜靜地坐在書房裡也可以進行很深刻地思考，可惜在那樣的過程中，通常一、兩個小時之後，我就會從沉思進而陷入沉睡的狀態，但人沒有辦法在跑馬拉松時昏昏欲睡，在這樣肉體疲憊、精神亢奮的狀態之下，最適合深度思考。

我第一年跑了三千兩百多公里，參加過十場半馬、五場全馬。跑步這一年治癒自己罹患多年的中度脂肪肝，而高血脂症也因爲跑步不藥而癒。不僅身體變得比以前輕盈，精神也比以前飽滿，頭腦比以前靈活，人生比以前輕鬆。我感覺自己好像一個初生的嬰兒，渴望迎接自己想要長大的跑步人生。

充滿內心的踏實感，讓我想繼續跑下去

我以前比標準體重超重不少，屬於肥胖一族。第一次跑步的時候，喘得上氣不接下氣，勉爲其難地跑個一公里，就不得不暫停下來。那時候開車還因爲腿太胖，長途開車膝蓋往往就要彎靠在旁邊；稍微走一段山路就很疲累，沒有登山杖支撐身體，就很難穿越像興大林場那樣地勢高低起伏不平的健行步道。想想一個人如果每天都得背負著十幾公斤的沉重鉛塊過生活，怎麼可能輕鬆？現在雖然離標準體重還有一段距離，但是只要逐漸放下一些負擔，儘管一次二、三公斤都好，整個人連呼吸都覺得輕鬆順暢了起來。

我沒有擬定任何的跑步訓練菜單，平日自我訓練的原則，就是每天逼自己盡可能去跑個十公里，一個月參加一至兩次的半馬賽事，這大致上就是我一開始跑步時每天所過的生活。至於飲食方面，我的飲食習慣仍舊如常，並沒有做任何的調整。沒有天天量體重，但是不知道爲什麼，跑步之後食欲變小，有時不太吃得下，餐食的分量變少，但完全沒有刻意控制。和學生到日本參加幾天的研討會回來，雖然胖了一公斤，但跑了幾天後很快又恢復回來。過去不斷在執行減肥計畫，從來都沒有一次成功；現在沒有刻意減肥，只是將跑步視爲一種習慣，反而帶來減重的效果。

從一開始跑步時，我每天都非常嚴格地督促自己，從零開始，持續訓練一個半月之後，順利跑完人生第一次的半馬。之後，不過才相隔一週，我又成功挑戰一場自主性的全馬訓練。每天逼迫自己盡可能完成自定的十五公里訓練，因此，光是第一年所累積的跑量，就接近於三千三百公里。當時我是兩個國小學童的父親、成大電機系的教授，承接不少產學計畫的成大資安研發中心主任，也是國家高速網路與計算中心的副主任兼資安長，更負責建置台灣人工智慧運算平台「台灣杉二號」（TAIWANIA 2）的資安和網路，而且在臉書上每天至少寫一篇文章，這樣的斜槓人生，眞的有夠瘋狂。

那些替自己找藉口說太忙的人，要想一想，如果每天連一個小時，都抽不出來的話，到底原因爲何？跑步這件事情眞的會影響人一輩子的身體健康和生活品質，如果眞的都沒有辦法找出時間，我建議可以把吃一頓飯的時間挪來跑步或走路，不過恐怕沒有人會淒慘到如此地步。我能夠這樣瘋狂跑步，當然已經體會了跑步的好處，跑步不只訓練了身體，還淬鍊了意志，尤其大腦的連結速度和思考能力都會產生顯著的進步。若是在生活中選定一件事情來做，只要能夠全心全意地做好這件事，就算是完成人生目標的話，那麼這件事情到底應該是什麼？我們是否在不知不覺中，將太多不重要的事情視爲重要的事來做，卻錯誤地把重要的事情當成不重要？

上一次有類似跑步的狂熱時，是發生於碩士班一年級開始學德文的時候。當時我一週上課五天，加上家教三天，又交女朋友，還要上課、做研究，日子過得非常匆促而忙碌，但是很有成就感，充實得不得了。從德文的字母開始學起，碩士班兩年、當兵兩年、台北市政府一年，大約五年的時間。後來到德國參加歌德學院的德語分級測驗，我的考試成績是「中級二」。常常聽到現在的研究生講自己沒有時間，或許現代的世界比較繽紛多采，社群媒體、線上遊戲等豐富多元，既刺激又有趣，所以沒有時間立志去做件一輩子都想做的事情，但是人的一生眞的很短，時間就是生命，爲何要這樣浪費自己的生命呢？。

從跑步的第一天開始，我就下定決心自己要一直跑下去，跑到不能跑的那一天爲止。雖然周遭也有很多拉扯的力量影響我的決心，但只要我想到二十多歲時那個毛毛躁躁的小孩，都能夠不受雜音干擾地學習德文，現在應該有更多的智慧和經驗去看待「跑步」這件事。學德文當時，其實還不太確定德文是否眞正有用，那個階段，經濟上還需要自力更生，覺得賺錢比較重要，念碩士班、做研究、寫論文、順利畢業比任何事情都更重要。但對我而言，念德文眞的很有趣，一件事情如果自己不覺得有趣，通常就無法長久堅持。

我每天寫臉書文章的習慣，已經多年了；大體上，也是因爲樂趣而不斷持續下去的。在生活還能過得去的情況下，我謝絕所有的邀稿，不管酬勞有多優渥；也阻擋不少能讓自己更有名或更具影響力的誘惑。名聲猶如香水，適量即可。我覺得自己的潛質，已經無法負荷如此濃郁的香味了。「免錢的最貴」，其實這句話也適用於此，沒收錢的事情做起來，確實遠遠比收很多錢的更加快樂，只有幸福的人才有自由抉擇的機會。

小時候常聽到師長說，念書、考試是最公平、踏實的事情，花多少時間念書就能考多少分，誰也帶不走你腦中的知識。我想跑步也是一樣，跑一公里就是一公里，誰也沒有辦法讓它變成九百公尺，就是這種充滿內心的踏實感，讓我有動力繼續跑下去。

決心才是讓你跑完馬拉松的眞正天賦

交大火箭阿伯吳宗信教授，這位五月天〈頑固〉歌曲的男主角，年輕時可是台大橄欖球隊的健將，他突然開始跑步或許是想重拾當年在球場上馳騁疆場的青春歲月吧。我用激將法，約他報名了一場在台北舉辦的復活節半馬拉松，可惜賽事因爲肺炎瘟疫而取消。但我們依然頑固地不願放棄，自行舉辦了一場隔空的馬拉松，叫做「火箭春跑」，總算找到逼迫自己跑完一場馬拉松的動機了。在此之前，我也曾經想要跑一場自我隔離的馬拉松，但總是用不能降低抵抗力做藉口而無法完成。從上一次台北渣打馬拉松完賽至今，已經有三個月的時間，我沒有跑過三十公里的LSD（Long Slow Distance，以可以與人正常交談、不會喘的速度連續跑一百二十分鐘以上），因此，我對火箭春跑的感覺，變得有點像初馬，既期待又害怕受傷害，不確定自己能否順利完賽，以及跑完第二天能否維持正常的作息？

幸好我平日幾乎每天進行十公里的跑步訓練，在完成火箭春跑之後，除了抬腿上樓梯稍有不適，其他肢體功能還算正常；不只隔天星期日能和小孩到野外抓昆蟲，週一也可以正常去上班。

我曾經分享一個得帕金森氏症的患者跑完百馬的故事〈帕金森氏症奪走我走路的能力——於是現在我用跑的〉，有朋友說：「這樣不就表示所有健康的人都可以跑馬拉松。」我非常認同這句話。我的大學社團朋友修民學弟，現在跑五公里已經不用二十分鐘，他二〇一七年完成了柏林馬拉松，我二〇一八跑成了柏林馬拉松，學弟立汎也參加了交大的火箭春跑，他則是在二〇一九年完成了柏林馬拉松。另一個心臟有問題的學長，只要心律太快，心肌就會缺氧，他還是看著心律表持續在訓練，自己設定二〇二三年左右要完成柏林馬拉松。

我跑馬拉松，尤其身上貼著三道標籤：「死讀書、不喜歡運動」「理工肥宅」，以及坐電腦前的「沙發馬鈴薯一族」，再加上龜速跑者的身分，應該夠格對「誰能跑馬」發表看法。我認爲如果連我這樣的人都可以完成一場馬拉松，應該大多數人都具備完賽的能力。過去從不運動、這次也參加「火箭春跑」的妻子，就是最好的一個見證人。她爲何可以毫無掙扎且在訓練不足的狀況下，就開始跑馬，而且跑速還比我快那麼多？她說自己能夠做到的唯一理由，就是因爲連我都做得到。因爲我經常分享馬拉松比賽的經驗和哲學，逐漸發現有不少的臉友也開始跑步了。跑步和勇氣一樣，或許也具有感染性。

一般人往往都有這樣的心情，每天都不太想讀書、工作，卻每天都在讀書、工作；每天都不太想跑步，卻每天都在跑步；每天都不想寫文章，卻每天都在寫文章。這就是卡繆筆下所謂薛西弗斯的神話：每天推著石頭上山，它一定滾下來；第二天再推著石頭上山，然後它又會滾下來，就這樣周而復始、一天又一天，沒有結束的時候。這本來是眾神對薛西弗斯最殘酷、嚴厲的懲罰，但是有一天薛西弗斯想通了，何不享受推石頭上山的樂趣，而不管它是不是一定會從山上滾下去？

有一天，在臉書上看到有幾位朋友一起騎單車上武嶺。那天我從成大電機系下班的時候，巧遇前國家高速網路與計算中心的長官謝錫堃主任。他告訴我他現在已經不開車了，改騎單車，我順便提到有哪些人騎上武嶺的事情。他聽了表示很羨慕，然後他跟我講，你跑步更好。

兩、三年前，當我要開始跑步時，曾事先向他報告，他鼓勵我跑步要趁早，再晚可能就來不及了。我能遇到這樣的好長官，眞的很幸運。要推石頭上山或跑馬拉松，的確得把握時間、下定決心。在短暫、毫無意義的荒謬人生中，在短暫、毫無意義的荒謬人生中，選擇推什麼石頭上山，是非常重要的，這顆石頭可以是財富、名聲、愛情，或各式各樣的願望及欲望，但不管推不推得到山頂，最後一定會掉下來。

環境、天賦、美貌、才華、健康等因素，會讓我們選擇不同的石頭，但能夠正確選擇那顆石頭的是智慧。智慧這個字的英文是wisdom，字源是德文wissen，德文的意思是「知道」，知道很多事情之後才會有智慧，選擇哪一顆石頭是智慧，能夠享受那種推上去又掉下來的人生，是超智慧，就是超越智慧所能夠得到最佳的理性選擇。每個人推上去的石頭，一定都會掉下來，選一顆又大又漂亮的石頭，努力地往上推，想辦法推到山頂，看著它掉下去，然後趕快跑下山，再一次開心地把它推上去，一天又一天，一年又一年，周而復始，永劫回歸。選了石頭之後，可不可以換，要不要換，爲什要要換，都是嚴肅的問題。

如果你想要跑馬拉松，我提供幾個建議：第一個是心態問題，無論是誰，這個世界一定有身體健康比你差的人在跑馬拉松，也絕對有比我們跑得慢的人在跑馬拉松。二〇一五年波士頓馬拉松有一個跑者，他患有某種形式的肌肉營養不良症、三十九歲，花了二十個小時完成了波士頓馬拉松。想法和堅持才是能否順利完賽關鍵的因素。當然，跑步之前，一定要詢問您的醫生。

第二，明智地選擇適合的馬拉松賽事。如果您的跑步速度較慢，要確保馬拉松比賽有足夠的關門時間。其實世界上很多馬拉松有所謂的「早出發方案」，跑者可以聯絡主辦單位，說明自己的情況，就能比一般跑者提早好幾個小時先行起跑。像我當時初馬就是因爲這個理由而選新竹的桐花馬拉松，因爲它是七個半小時後才關門，可能是國內僅次於石門水庫馬拉松八小時，最長的關門時間。雖然事後證明這是個愚蠢的選擇和重大的挑戰，因爲桐花馬是山地馬拉松，而不是平地馬拉松。

第三點，馬拉松可以用走的。跑跑走走是許多初階馬拉松選手的策略，這個策略可以減少能量消耗，比賽後也能更快恢復。其實就我看來，馬拉松比賽跑第一名和跑最後一名是一樣的，無論完成的時間是多久，這都是人生中一項有意義的重大成就。

跑馬拉松最重要的到底是什麼？是養成運動習慣嗎？還是有時間去跑？我的經驗告訴我：「最重要的關鍵就是決心」，決心才是眞正的天賦。

以下是針對馬拉松新手如何成功完賽的建議：

一、決心：決心決定一切，最容易讓自己下定決心的方法，就是報名一場馬拉松的賽事。我在二〇一八年的三月時，幫妻子報名當年十一月的紐約馬拉松，團費相當昂貴，放棄非常可惜，只能好好地訓練。不過在目前疫情嚴峻的期間，這個方法派不用場。因爲海外各地的馬拉松似乎都取消了。

二、訓練計畫：有決心以後，就要開始擬定訓練計畫。典型的馬拉松訓練計畫爲三到六個月。除非心臟或身體健康有問題，否則即使是跑步的新手，經過六個月的時間來訓練，通常都能夠完成一場馬拉松，這個訓練計畫非常重要。

三、每天跑二十到三十分鐘，一個禮拜跑三天。

四、一個月之後可以跑五公里的比賽。

五、繼續維持一週三天三十分鐘的訓練，週末開始跑一個小時以上。

六、三個月後，慢慢延長平常跑步的時間到一個小時以上。週末開始跑二十到二十五公里，比賽之前記得最少要跑一次三十公里。

七、跑步的速度不要太快，維持在可以交談的速度上。

八、每次訓練完與完賽後都要好好地休息和恢復。

跑馬拉松眞的不難，最重要的一點，就是要下定決心。千萬不要沒有任何訓練就去跑馬拉松，但是怎麼樣的人能完成馬拉松呢？我覺得答案就是「你」，請別懷疑！

整個人生就是一場馬拉松

因爲家裡沒有電視，修民學弟借我的德國電影《最後的馬拉松》我一直沒有機會觀看。在朋友社團群組裡面，很多開始跑步的朋友排隊等著看這部DVD，它儼然成爲馬拉松聖火那樣搶手。最後，我找來可攜式光碟機，直接在筆記型電腦上面觀看。

這是一部由眞人眞事改編的電影，敘述一位曾是馬拉松冠軍的退休選手，受不了養老院單調無聊的生活，想脫離常軌，再次參賽柏林馬拉松的勵志故事。我在星巴克咖啡裡戴著耳機，聽著熟悉的德文發音對話。由於故事感人肺腑，我獨自一人觀賞時，常常忍不住隨著劇情，一下子流眼淚，一下子哈哈大笑。鄰座的顧客頻頻對我行注目禮，一定覺得這個人很奇怪。

在老人院裡的故事，總是深深地吸引著我，從不覺得「老」是距離自己很遙遠的事情。即使在只有二十多歲的時候，就會想像未來自己在老人院的生活。我覺得自己的時間感，似乎與周遭的人不太一樣，總認爲自己的時間消逝得特別快，死亡不久即將來臨。用這樣的心態去過生活，不僅自己很辛苦，周遭的人也會被不斷催向前而疲累不堪。

當年我從德國回到成大的時候，身體非常不好，體重大約有九十公斤，幾乎所有時間都拿來工作。既沒有運動的習慣，也完全不知道運動的重要性。每次健康檢查的體檢報告一出來，看到的全都是滿江紅。罹患的慢性病一籮筐，有高血壓、高血脂、痛風等等。光看身體就這麼不健康，當然生活毫無品質、人生也毫無樂趣可言。幸虧後來遇到一位同事，他拉我一個禮拜去打羽毛球兩次，這是我第一次把運動排進時間規畫的行程中。眞得很感謝這位同事，當初要不是他，我想自己現在說不定早就不在這個世界上了。這位從來沒有升過等的同事，應該算是我在系上最崇拜的人，那時候我就立志能夠他一樣，可惜智慧不夠，所以還是沒有辦法做到。

《最後的馬拉松》這部影片實在值得觀賞，但前面提到時，只是說個梗概，這裡再來補充一些較細節的介紹。

故事中的男主角名叫保羅，七十幾歲，年輕時曾是奧運長跑選手。因爲年紀大，太太又生病，被女兒逼得住進了德國的養老院。養老院一片死氣沉沉，不是唱歌就是做手工藝，大家好像都在等死，這個老先生不想這麼做，於是興起了再跑一次德國柏林馬拉松的念頭。只要看起來與別人不一樣，當然會受到沒有勇氣這樣做的人和保守社會的排斥。人活著如果只是混吃等死，生命就喪失任何意義，其實和已經死亡並沒有什麼兩樣。雖然人最終不可能逃避死亡，但在沒有意義的人生中，必須賦予自己生命的意義，不管在任何年紀都非常重要。

之前，我一直有一邊跑步一邊聽德文每日新聞的習慣。因爲跑步時間很長，聽力因而進步不少。在看這部影片時，不僅幾乎不用看字幕，還發現了一個翻譯上的錯誤。這部片子很溫馨感人，故事很簡單，但是非常勵志，對於老年和生命的想像，以及刻畫與傳達親情的手法，在德國媒體間得到很好的評價。我覺得這部片非常值得推薦，尤其想要跑柏林馬拉松的人。

電影裡的引言，「拎北跑得慢，但步伐堅定」是我最喜歡的一句話。當男主角周遭的一群老人，自己沒勇氣做同樣的事情，在羨慕、嫉妒之餘，推個年輕看護來和他比賽較勁時，他用這句佳言巧妙地回應。影片也細膩處理他和太太之間的感情，沒有身邊的人支持，什麼事情也做不到，妻子鼓勵他「支持你的人比想像的多很多」，最令人感動是他在電視上講的那一段話：

整個人生就是一場馬拉松，
跨出第一步的時候還非常輕鬆，你認為沒有什麼可以阻擋得了你。
但是接著痛苦就來了，你的力量消失了，一公尺接著一公尺。
你認為你再也無法前進了。
你繼續往前，一步接著一步，直到全面精疲力盡。
然後勝利就在終點。
非常肯定！
「勝利」！

還有一點，德文的Marathon發音不是「馬拉松」，而是「馬拉痛」——跑馬拉松，確實是一件痛苦的事。

超慢跑的跑步哲學

我曾收到一位資安界大老貼文的標注：「白走了嗎？李忠憲你白跑了。」他這篇臉書文章認爲，有氧運動對減肥沒有幫助。在我開始跑步的第一年，收到了很多朋友傳來的類似訊息，這類文章都認爲跑馬拉松對健康沒有幫助，甚至有害健康。父母也非常擔心我，他們總會質疑：「爲什麼工作這麼累，還要這樣跑步？」

第一年，我跑步加走路，總共超過六千公里。看起來似乎非常可怕，但是如果除以天數，每天大約平均跑一萬步、走一萬步，共計兩萬步，這並不是件很困難的事情，主要在於「每天平均」的恆毅力。

幸虧有一個成大醫院的大老醫生朋友，他是國家隊的運動醫生，鼓勵我要繼續跑下去：「不要聽那些自己沒跑過馬拉松的醫生的理論。」我也去找過輔大醫院運動科學的醫生學長，做過運動心電圖，他也覺得我可以繼續跑下去。學弟師父也提醒我，跑得太多也無法快速進步，必須要減量才行。但我眞的捨不得減量。

跑步或許比不跑步健康，或許沒有；跑步可能可以減肥，可能不行。我其實不常量體重，不那麼在乎跑步是否能減肥。但是我眞的因爲跑步，明顯瘦了不少；也因爲跑步的緣故，精神比以前好很多，身體比以前健康。更重要的是，跑步的時候，讓我有存在的感覺。能感覺便能思考，能思考便能想像，能想像便能創造，能創造便能存在；生活就是選擇的累加。

每一次參加馬拉松，都會有人問我：「怎麼走得那麼快？」跑柏林馬拉松的時候，有個德國女生用走的，都比我用跑的快。她遇到我好幾次，問我要不要乾脆用走的就好，但我還是堅持要跑。也有不少跑步的朋友說，我走路好快，可見我跑步的姿勢的確引人注意。曾有一位跑友在我前後緊跟著，跟我說了兩、三次：「用走的還在我前面！」後來他稍微加速把我拋開。面對這種狀況，我心中都有無數的疑問：我明明是用跑的，還努力地跑，爲什麼別人看起來像走的？

有個馬拉松高手的臉友說：「在一大堆步幅很大、跑步頻率很快的選手中，你的步幅很小、頻率又很慢，別人看起來就像是用走的一樣。」明明跑步的定義是兩腳同時離地，我的兩腳都有同時離地呀，只是速度比較慢而已。跑了二十年的大學同學說：「你有耐力肌，可以跑很遠的距離；但是沒有伸縮肌，因此跑不快。」學弟師父說：「一直都在讀書、考試、坐著不動，已經累積了好幾十年的脂肪，哪有那麼快能將它全部換成肌肉？」

最近，我有兩個跑友成績破四：一個是醫生，另外一個是跑紐約馬拉松的長榮慢跑社社長，眞的恭喜他們！我跟他們相較還眞是天差地遠。但這不就是我的跑步哲學？因爲跑不快，所以不能求快，改用拉長距離來要求自己。我研究了一下，得知自己這種跑步的方式，叫做「超慢跑」。最慢的時候，可以一小時跑五公里。不需要耗費太多體力，對於運動員的體能條件也沒有任何要求。跑完之後，幾乎不需要任何時間恢復，立即可以正常作息，不會影響工作或生活。

想一想也對，我自己不就是從一小時六公里的速度開始跑起？在柏林馬拉松慶功宴的時候，跟一群破三好手一起吃飯。他們問我成績之後，就說：「這不是用走的嗎？」沒錯，這種速度的確就像用走的，但不是走路，而是「超慢跑」。而我的超慢跑，已經可以跑八分速了，算起來可以算是超慢跑界的高手了。那麼，就這樣一直超慢跑下去吧！

跑步看見人生的春秋

在我的跑步生涯中，記憶最深刻的兩場馬拉松路跑賽，當然是二〇一八年的柏林和紐約馬拉松。直到現在的年紀才開始跑步，因此格外珍惜。一年就完成了世界六大馬拉松的其中兩場，眞是一種想要趕進度的心態。幸虧當時毅然決然地報了名，否則，在瘟疫蔓延的時期，連出國旅行都成問題，更別提馬拉松了，幾乎是一場接著一場被取消，想跑都沒得跑。人生想做什麼，應該要趕緊把握時間，否則一定會後悔。

記得在前往紐約馬的飛機上，遇到一個參賽的體育老師。一開始，他很熱絡地問：「一年跑兩場，不是三年就完成了六大馬？」後來知道我柏林馬拉松的成績之後，改問：「還沒有訓練好，就出來跑，會不會浪費錢？」他們那一群組隊參賽的朋友中，很多人都是已經練了二、三十年後的好手，才出國比賽。

言下之意，我這樣的成績，列在完賽的名單上，恐怕是讓自己丟臉，還是回家加強訓練，變得比較厲害之後再來跑。問題是，我不知道自己好好訓練，最後的成績能否得到他們的認同，而且我真的有那麼多時間可以訓練嗎？更何況跑馬拉松的每一個人，不管多少時間完賽，甚至沒有完賽，都是自己心目中的英雄。即使在別人的眼裡像狗熊，需要在意嗎？

二〇一九年，最難忘的兩場馬拉松，分別是五月十八號的故宮南院馬拉松和九月三號的石門水庫馬拉松。故宮南院那一場，我從下午四點起跑，跑到晚上十點多。跑完之後，分不清楚東西南北，也找不到自己停車的地方。直到接近十一點，才找到自己的車子。開車到家已經是凌晨一、兩點了。而石門水庫那一場，從早上六點多，一直跑到接近下午兩點，一共跑了七個小時十六分鐘。跑這兩場馬拉松時，天氣都非常炎熱，所以花費很長的時間才完賽。尤其是石門水庫馬拉松，我還創下自己跑得最久的紀錄。

在台灣跑馬拉松的朋友，一般都會避開五月到九月的賽事。五月，是春天即將結束的時候；九月，是秋天即將開始的時候。而介於這兩個月之間的天氣，實在酷熱到令人跑不動，當然我也跟別人有同樣的感覺。二〇二〇年的許多賽事，紛紛都取消了，不管五月或九月，想跑只能自己跑。對於去年那兩場馬拉松的回憶，真是刻骨銘心。不管是佩服或諷刺，有些朋友說：「這麼熱還去跑全馬，實在太強了。」跑步就是一種人生的縮影，如果連五月或九月都覺得炎熱而不跑，當六月到八月夏季來臨時，是否更不能跑了？那麼下雨天，到底要跑，還是乾脆直接放棄？

我一直非常感謝，在成長過程中，自己是一個「沒有傘」的孩子。即使是在下雨天，也只能拚命地跑。如果環境惡劣就放棄，等到時間消逝了，很多事情都會覺得後悔。千萬不要找藉口，對自己太寬容。一開始或許會埋怨自己沒有傘，等到事過境遷後，往往會感謝老天爺當初沒有給我們傘撐。而其間所經歷的過程，人生所得到的深刻體驗，將是有傘的人，終其一生所無法體會的。

春天的結束，人生之春，又更加遙遠；秋天的開始，人生之秋，又更加接近。每次，春天即將結束的時候，要開心地回憶人生的春天；每次，秋天即將開始的時候，也要快樂地期待人生的秋天。想到人生春天的日漸遙遠，人生秋天的日漸接近，不禁讓我像折磨自己般地努力跑著，珍惜每一個可以跑步的機會。

我眞的做到了，也拿到柏林馬拉松的獎牌了！

二〇一八年九月十六日參賽柏林馬拉松時，大約是我開始跑步後的十個月左右。我從一公里、五公里、十公里、半馬，到全馬，平均每天跑七公里、每週跑五十公里，總共跑了兩千六百五十八公里。二〇一八年，報名柏林馬拉松的抽籤人數超過十萬人，眞正參加跑步的有四萬四千三百八十九位，在規定時間內跑完的人有四萬零七百七十五位，我的完賽名次在兩萬七千五百六十五名，看起來相當令人滿意。

在柏林馬的路上，我看到不少七、八十歲的人還在跑，跑得眞的很慢很慢。主辦單位給這些老人家特別優惠，當天很早就開始讓他們跑。當電視螢幕上轉播世界冠軍的起跑時，其實更早之前已經有很多老人家開始跑了。這是一場充滿人文關懷的體育賽事，爲了方便讓跑七、八或九個小時的老弱殘障，可以順利在規定的時間內回到終點，特別給予他們這項優先跑的優惠。在柏林市區奔跑，沿途看到這些老人為賽事努力拚搏的樣子，比奪得世界冠軍或創下世界紀錄，都更能讓人感動。

人就是一種奇怪的社會動物，凡事都要比，凡事都要精進，或許這是人類進步的原動力。跑步會令人上癮，跑步時很想得到好成績，但是想是一回事，著迷是一回事，入魔是一回事，能不能接受失敗挫折又是另外一回事。

跑柏林馬時，我原本以為一定跑不進規定的時間內，但是對此並沒有太多沮喪的感覺，是否達標眞的沒有那麼重要，重要的是因為我來跑了，已經和以往的人生不一樣了。拿到獎牌之後，我沒有排隊去把名字刻在獎牌上；完賽的第二天，我也沒有去買《柏林日報》，那份報紙上面公布了所有柏林馬拉松跑者的姓名。人生的經驗其實只能留在自己身上，其他都是假的，他人終究是他人，棄賽者永遠不會瞭解在柏林跑完馬拉松的人生體驗。

常常聽人家說，馬拉松的比賽是從三十公里後才開始，在這次的柏林馬，對於這段話我深深有所體會。前三十公里我表現得確實不錯，但是最後十二公里有可能會造成我空手而返，因為我體力耗盡、多次抽筋。有一個漂亮的德國女生，跟我在一起跑跑走走了好幾公里。她打算在剩下十多公里的地方一路走到終點，當時從出發開始大約經過了四個小時。雖說完賽時間規定是六小時，她卻說在六個半小時內到達都能領獎牌。既然看我跑得這麼痛苦，倒不如就跟她這樣一路走到終點。但我拒絕和她一起用走的，在勉強跑走了一段時間之後，用冰水沖大腿和小腿降溫，繼續努力地往前跑，最後以五五五的成績到達布蘭登堡門的終點。

馬拉松場上有很多感人的故事，仔細觀察會有很多感觸。在柏林馬拉松的三十七公里左右，我遇到穿著一件黃色運動上衣、來自瑞典的太太，看她的樣子很像是初馬，最後五公里眞的快撐不下去了，垂頭喪氣、彷彿再也無法繼續往終點前進。雖然我和她差不多，但疲憊的我依然好奇地看著周圍的人事物。此時她的先生突然跑到她的身邊，這個跑者從終點線折返，因爲身上還配戴著剛拿到的獎牌，不顧自身的疲憊，趕快跑回到太太的身邊，當太太發現先生回來陪她跑最後的路程，整個人都活了起來，兩個人就這樣並肩地加快速度衝向終點，因爲這對夫妻感人的氣氛，我在雙腳大腿沖完冰水之後也不再抽筋，就緊跟在他們後面共同衝向布蘭登堡門，最後我們三個人幾乎同時到達終點。

二〇一八年的柏林馬拉松還有一個傳奇，就是馬拉松王者基普柯吉在這場比賽創下了馬拉松的世界紀錄，他最終以兩個小時一分三十九秒的成績，打破了二〇一四年由奇梅托在柏林馬賽事創下的兩個小時兩分五十七秒世界紀錄。我常常驕傲地跟朋友說：我可是曾經和馬拉松世界紀錄的保持人，在柏林馬拉松的跑道上同台較勁過。

跑完柏林馬之後的慶功宴，我剛好和一群破三的跑者坐在一起。馬拉松跑三個小時和六個小時的世界當然不一樣，坐在一群菁英跑者裡，談論起跑步眞是非常吃驚。在他們面前我就像個幼兒園學生，與他們的表現相較之下，根本是微不足道，甚至有點可笑，他們笑著說：跑六小時根本是用走的。講到跑步我眞的不行，但我會點菜，菜單上的德文以前都曾學過。人各有其專長，每個人的人生都有他的美妙之處，我覺得這種事情無從比較，更沒有所謂的競賽。他人終究是他人，活在他人地獄當中是最可憐的，因此他們的嘲弄完全沒有影響到我柏林馬拉松完賽的快樂心情。

生命雖無法延長長度，但可以增加廣度。人生的馬拉松，或許跟跑步的馬拉松一樣，眞正精采的地方，應該是在三十公里以後，也就是下半場過了一些以後。至於前面跑得如何，並不是能否順利拿到獎牌的關鍵。然而，在人生上半場的人，如果想要成爲菁英跑者的話，不只是領到獎牌而已，那麼前面三十公里也需要好好地跑。

我眞的做到了！我在柏林不只拿到柏林工大的博士學位，還有柏林馬拉松的獎牌！

結語——

沒有人打從一出生，就注定未來將成為怎樣的人

二〇一八年初秋，我在柏林馬拉松完賽當下，身上掛著拿到的獎章，內心洶湧澎湃。在德國柏林這座熟悉的城市，我不僅拿到博士學位，同時也獲得了馬拉松獎章。能有這樣的人生際遇，眞令我十分感恩。心想自己是世界上最有福分的人，能夠在柏林同時享受到這兩份榮耀。

從三一八學運開始爬文以來，我寫作的進步速度，原本相當緩慢，思考也常常有阻塞、打結的時候。但自從跑馬拉松之後，腦神經的連結速度似乎突飛猛進，身體和心理也發生某種程度的互通。不僅覺得自己下筆愈來愈順暢，連思考的邏輯也與日俱進。

這本書得以出版，是多麼偶然的事情。我每天跑跑步、寫寫文章，本來就沒有什麼特別的目的。一開始時，只是想跟未來長大的女兒同齡對話，現在意外出了書，

或許效果會更佳。每天，單純地將自己的所思所想，像寫日記一樣，記載在臉書上。後來，竟然發覺到有愈來愈多的臉友，就一路跟隨著我，一起思考類似的人生問題，提醒、甚至反省自己人生的價值。因爲這樣一個美好的共修過程，促使我要不斷地提升自己，無論是在知識、思考或行動方面。

最初，如果不是看著熟悉的朋友，能輕易地完成四十二公里的馬拉松，我絕對不敢相信，自己也能踏出跑馬的第一步。不開始穿上跑鞋起跑，就永遠不可能達到終點。但是，要穿上跑鞋的那一刻，心中往往會有很多的猶豫，不禁會懷疑自己的能力。做任何事情，我們都需要動機。有時候，一本書或是周遭友人，都會爲你帶來不可思議的影響。沒有人打從一出生，就注定未來將成爲怎樣的人。

想想自己恐怕是資訊科技革命後的一項代表性產物。要不是有便利的行動網路和語音辨識的人工智慧，我這種每天通勤、出差頻繁的上班族，絕不可能有機會能靜下心，或者坐在書桌前，寫一些跟學術論文無關的東西。我本性其實是一個內斂、害羞的人，平常總是沉浸在孤獨思考之中，鮮少與人有密切的互動。在現實的世界裡，根本不可能與太多的朋友交往。但透過社群網站，能跟這麼多高素質的臉友分享我的想法，並有緣能結交各領域的朋友，全部都拜網路科技所賜。

這本書，是我的第一本書，也可能是最後一本。無論如何，大部分的內容，都是我每天一覺醒來後，內心最誠懇、眞摯的心聲。或許，有些想法不是很正確，可能也不夠成熟；但是，我認眞地記錄了個人思考的軌跡。而本書的章節編排，其實就是我成長的心路歷程，也相當於我部分的個人自傳——從童年、求學、留德、從事公民運動，一路寫到跑馬拉松。我雖然出身於中下階層的社會，但恆毅力讓自己不斷地成長、改變，感覺自己的人生，逐漸豐盛而快樂。如果能藉著我的一點野人獻曝，提供有緣的讀者，在閒暇時獲得一絲閱讀的樂趣，我就深感榮幸了，希望大家能夠喜歡這本書。

23421

Eurasian Publishing Group
圓神出版事業機構
用心與你對話．網野無限寬廣
先覺出版社
Prophet Press

www.booklife.com.tw　　reader@mail.eurasian.com.tw

人文思潮 148

隱性反骨：持續思辨、否定自我的教授，帶你逆想人生

作　　者／李忠憲
發 行 人／簡志忠
出 版 者／先覺出版股份有限公司
地　　址／臺北市南京東路四段50號6樓之1
電　　話／（02）2579-6600．2579-8800．2570-3939
傳　　真／（02）2579-0338．2577-3220．2570-3636
總 編 輯／陳秋月
資深主編／李宛蓁
專案企劃／賴真真
責任編輯／林亞萱
校　　對／李忠憲．李宛蓁．林亞萱
美術編輯／李家宜
行銷企畫／陳禹伶．黃惟儂
印務統籌／劉鳳剛．高榮祥
監　　印／高榮祥
排　　版／陳采淇
經 銷 商／叩應股份有限公司
郵撥帳號／18707239
法律顧問／圓神出版事業機構法律顧問　蕭雄淋律師
印　　刷／祥峰印刷廠
2021年1月　初版
2021年3月　2刷

定價 400 元　　ISBN 978-986-134-368-6

我決定揉合我的閱讀心得跟人生經驗來寫這本書。
告訴我的讀者，哪些書擴展了我的視野，增加了我的能力，
讓我知道如何能更有餘裕的面對那個無法倒退也無法快轉的人生時鐘。

——楊斯棓，《人生路引》

國家圖書館出版品預行編目資料

隱性反骨：持續思辨、否定自我的教授，帶你逆想人生／李忠憲 著.
-- 初版. -- 臺北市：先覺出版股份有限公司，2021.01
352 面；14.8×20.8公分. --（人文思潮；148）
ISBN 978-986-134-368-6（平裝）

863.55 109018622

ΕΛΛΑΔΑ

ΕΛΛΑΔΑ